AS HORAS FRÁGEIS

VIRGINIE GRIMALDI

AS HORAS FRÁGEIS

TRADUÇÃO: Julia da Rosa Simões

GUTENBERG

Título original: *Les Heures fragiles*

EDITORA RESPONSÁVEL
Flavia Lago

EDITORA ASSISTENTE
Natália Chagas Máximo

PREPARAÇÃO DE TEXTO
Andréia Manfrin

REVISÃO
Aline Araújo

ILUSTRAÇÃO DE CAPA
Paula de Aguiar

DIAGRAMAÇÃO
Waldênia Alvarenga

Dados Internacionais de Catalogação na Publicação (CIP)
Câmara Brasileira do Livro, SP, Brasil

Grimaldi, Virginie
As horas frágeis / Virginie Grimaldi ; tradução de Julia da Rosa Simões. -- 1ed. -- São Paulo : Gutenberg, 2026.

Título original: Les heures fragiles

ISBN 978-85-8235-853-5

1. Ficção francesa I. Título.

25-312095.1 CDD-843

Índices para catálogo sistemático:

1. Ficção : Literatura francesa 843

Cibele Maria Dias - Bibliotecária - CRB-8/9427

A **GUTENBERG** É UMA EDITORA DO **GRUPO AUTÊNTICA**

São Paulo
Av. Paulista, 2.073, Conjunto Nacional
Horsa I . Salas 404-406 . Bela Vista
01311-940 São Paulo . SP
Tel.: (55 11) 3034 4468

Belo Horizonte
Rua Carlos Turner, 420
Silveira . 31140-520
Belo Horizonte . MG
Tel.: (55 31) 3465 4500

www.editoragutenberg.com.br
SAC: atendimentoleitor@grupoautentica.com.br

Aos meus filhos.

But I'm a creep, I'm a weirdo
What the hell am I doing here?
*I don't belong here.**

***Creep*, Radiohead.**

* Mas sou uma aberração, / eu sou um esquisitão. / Que diabos estou fazendo aqui? / Eu não pertenço a este lugar. (N. T.)

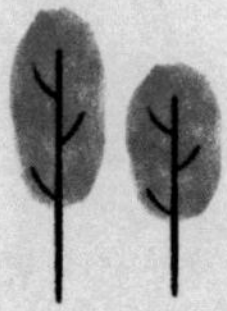

DIANE

Ela conferia se eu ainda estava respirando. Todas as noites. Não ia dormir sem ter certeza. Levava o indicador à boca, para umedecê-lo, e depois o colocava sob minhas narinas, como os marinheiros para determinar a direção do vento. Ela secava minhas lágrimas antes mesmo que caíssem. Corria até mim ao menor tombo, com o rosto tenso de preocupação. Cortava a salsicha em pedacinhos minúsculos e não comprava mais amendoim. Não me deixava ir à colônia de férias. Autorizava que eu fosse de bicicleta à casa de minha amiga Lulu, desde que usasse capacete, cotoveleiras e joelheiras, e que ligasse para ela assim que chegasse. Media minha temperatura quando eu estava com as bochechas vermelhas ou as mãos frias. Dizia "eu te amo" depois de me dizer "boa noite". Essas três palavras precisavam ser as últimas do dia. Se eu levantasse da cama, ela repetia as três últimas palavras, por precaução. Colocava uma faca de ponta arredondada para mim à mesa. Trancava à chave as facas pontiagudas, as tesouras, os remédios e os produtos de limpeza. Escrevia meu nome e nosso endereço na palma da minha mão quando íamos à feira. Sempre escolhia um ponto de encontro, caso eu me perdesse. Não saía sem um kit completo de primeiros socorros. Tinha feito um estudo dos acidentes com ônibus escolares e me aconselhava a sentar no meio, de preferência no corredor. No inverno, me fazia usar uma balaclava e luvas grossas. No verão, me cobria com um protetor solar esbranquiçado. Nunca realizou meu sonho de ter uma mobilete. Me buscava na saída da balada. De todo modo, não dormia enquanto eu não estivesse na minha cama. Dizia: cuidado. Cuidado, você vai cair. Cuidado, não corra. Cuidado, você vai se machucar. Cuidado ao atravessar a rua. Cuidado, não fale com estranhos. Cuidado, nunca perca o seu copo de vista. Cuidado com os bons de papo. Cuidado nas escadas. Cuidado, tem açúcar demais. Cuidado, você vai ficar doente.

Prometi a mim mesma que nunca seria como ela.

Até que também me tornei mãe.

LOU

A recepcionista tem cara de poucos amigos. Mesmo ao indicar o caminho até o setor, parece estar ralhando comigo. Não sei se é pelo olhar de pedra ou pelas palavras que dispara como *shurikens*,* mas quase sinto vontade de pedir desculpas só por ter dito bom dia. Deve ter se levantado com o pé esquerdo. Já estou arrependida de ter vindo... Era o empurrãozinho que faltava para eu pegar o ônibus de volta.

Sigo as setas azuis desenhadas no chão até a sala de espera B. Uma garota da minha idade já está sentada lá. Ela levanta os olhos e volta a mergulhar no celular. Provavelmente preferia estar sozinha. Eu também.

Sinto a mesma coisa quando cruzo com alguém no banheiro do colégio. Apesar de estarmos lá pelo mesmo motivo.

É a primeira vez que vou a uma ginecologista. Minha mãe sempre disse que marcaria uma consulta para mim quando eu sentisse necessidade, que não havia nenhuma pressa. É a primeira vez que faço algo escondido.

Uma mulher chama o meu nome. No crachá do jaleco dela, leio: "Dra. Amina Hassan".

– É sua primeira vez no planejamento familiar?

---

* O *shuriken* é uma arma tradicional japonesa de arremesso, em forma de estrela, que os ninjas usavam para desviar a atenção dos inimigos.

Sacudo a cabeça.

– Quantos anos você tem, Lou?

– Dezesseis.

Ela parece mais simpática que a da recepção. Usa um monte de pulseiras, seus gestos fazem música. Ela me pergunta por que estou ali.

– Quero começar a tomar a pílula.

– Você está mantendo relações?

– Relações?

– Relações sexuais.

– Ah. Sim.

Ela entende minha resposta, embora nem eu mesma ouça os sons que saem da minha boca.

– Há quanto tempo?

– Dois meses e uma semana.

– É seu primeiro namorado?

– Tive outro antes, mas não era a mesma coisa. A gente só se beijava. Eu não estava apaixonada.

É a primeira vez que me sinto assim. Penso nele o tempo todo. O tempo todo. Na aula de História, passei uma hora escrevendo o nome dele sem parar. Hugo. Hugo. Hugo. Hugo. Preenchi várias páginas. A gente mora no mesmo prédio, mas não na mesma entrada. Ele precisa tocar o interfone para chegar ao meu apartamento. Nas quartas à tarde, único dia em que fico sozinha em casa. Mamãe e Seb estão no trabalho, Tom na creche. A gente precisa se esconder, porque ele já tem 21 anos.

Tive que conter a alegria que explodia dentro de mim quando ele falou comigo pela primeira vez.

Foi numa quinta-feira à noite, no dia 23 de março. Eu estava passeando com Arya no estacionamento. Sabia que ele estava no prédio, que tinha voltado havia alguns dias. Ele sempre fica algumas semanas na casa dos pais quando volta de uma missão. Ele é militar. Thierry, o vizinho de cima, me contou.

Quando vi o carro dele, meu coração disparou. Mandei uma mensagem pra Melha:

"Ele está aqui."

"Faz o que a gente combinou!"

Esperei ele descer e me atirei no chão. Não foi difícil, minhas pernas já estavam completamente bambas. Arya pulou em cima de mim e começou a lamber o meu rosto. Minha mãe gritou da janela:

– Lou, tá tudo bem?

Ele olhou pra minha mãe, depois pra mim. Ela continuou me fazendo passar vergonha:

– Tá doendo? Consegue se mexer?

Ele veio até mim e estendeu a mão pra me ajudar a levantar. Minha mão tremia.

– Você se machucou?

– Não, tá tudo bem… Obrigada.

– Legal.

Ele soltou minha mão e caminhou até a entrada dele. Minha mãe se materializou na minha frente.

– Tá tudo bem, Lou? O que aconteceu?

Eu sorri. Não lavei minha mão direita por uma semana.

A ginecologista me explica os diferentes métodos contraceptivos. Insiste que só a camisinha protege contra infecções, ao contrário da pílula. Eu sei. Minha mãe já me repetiu isso mil vezes. Com a ajuda de desenhos, vídeos educativos e gráficos. Hugo faz exames regularmente, não corro nenhum risco. Ele me prometeu. Ele não suporta usar camisinha. Disse que, se eu o amasse de verdade, seria ótimo eu começar a pílula. Eu amo Hugo muito mais do que de verdade.

DIANE

Esta mesa foi o primeiro móvel que compramos juntos. Percorremos os corredores da loja de mãos dadas, até que a escolhemos. Não era a mais resistente, nem a mais bonita, mas tinha a vantagem de poder ser entregue bem no dia da nossa mudança. Não era apenas uma mesa, era o nosso novo começo – sob seus quatro pés de pinho, jazia o campo de batalha que tínhamos cruzado para nos separarmos de nossos antigos parceiros. Chorei de felicidade sobre seu tampo extensível.

Sentado à essa mesa, sob um maravilhoso céu azul, ele arranca o pino da granada do meu coração.

– Diane, não sei mais o que quero.

Ele solta a xícara, limpa a boca e olha fixamente para a parede atrás de mim, perto o bastante do meu rosto para observar minha reação sem precisar me encarar. Lou ainda está dormindo, Tom está se arrumando no banheiro, meu mundo desaba sobre o tampo extensível.

– Como assim?

– Preciso de um tempo.

– É por causa de ontem à noite?

– Ontem à noite?

– Quando a gente brigou por causa da Lou? Eu sei que não devia te contradizer na frente das crianças, mas às vezes é mais forte que eu. Você foi duro com ela.

Ele leva as mãos ao rosto. Meus olhos grudam na aliança dele.

– Não tem nada a ver com isso, Diane. É só que... ando me fazendo um monte de perguntas. Não sei se é isso mesmo que eu quero. Tudo isso.

Ele abre os braços num gesto amplo ao dizer as duas últimas palavras.

Tudo isso. A cozinha que pintamos de verde-sálvia? As quatro tigelas bretãs com nossos nomes gravados, empilhadas no aparador de madeira? O apartamento de 67 metros quadrados no terceiro andar com vista para o estacionamento? O sofá bege? O computador familiar no canto da sala? As cortinas blackout para nos proteger do vizinho xereta?

Tudo isso. O teto solar do carro que pinga água? O spot queimado do banheiro que precisa ser trocado? Os quadros esperando para serem pendurados na parede há meses? O cheque especial que precisa ser renegociado no banco? O lixo que precisa ser levado para a rua?

Tudo isso. Os desenhos do nosso filho na porta da geladeira? As poesias declamadas com orgulho no Dia dos Pais? Os passeios no shopping com minha filha? Os filmes assistidos embaixo do cobertor, os quatro espremidos no sofá? As imitações toscas de Tom? Os desenhos coloridos de Lou? Nossos corpos enlaçados?

Tudo isso. Nós?

Ele se levanta.

– Não estou dizendo que acabou. Só preciso colocar as ideias no lugar.

– Você conheceu outra pessoa?

– Para com isso.

Não é uma resposta. Mas não repito a pergunta. Seb não é do tipo que foge da raia, ele sempre compartilha o que está sentindo, antes mesmo de organizar os pensamentos. A honestidade dele foi uma das razões pelas quais me apaixonei, depois de doze anos convivendo com as mentiras do pai de Lou. E talvez também uma das razões pelas quais acabei sendo pega totalmente de surpresa.

À luz crua do que ele acaba de me dizer, as últimas semanas ganham uma nova coloração. Estava tudo ali, na minha frente. Os suspiros, as explosões. O celular grudado na mão. Os silêncios. O corpo dele na beira da cama. Os beijos rápidos na minha testa.

– Você ainda me ama?

– Não sei, Diane. Sinto que estou sufocando. Não sei mais quem eu sou. Não quero acordar aos 80 anos cheio de arrependimentos.

Lou entra bem no fim da frase, os olhos ainda inchados de sono. Parece não ter ouvido nada. Ela beija o rosto de Seb, que sai da cozinha, e se pendura no meu pescoço. Forço um sorriso e colo ele no rosto. Ouço as pessoas dizerem que a adolescência é um território hostil, uma selva intransponível. Falam de arrogância, insolência, ingratidão. Sei que tenho sorte. Apesar dos 16 anos, minha filha continua carinhosa e doce. Às vezes ela discorda de mim, levanta a voz, mas o bebê cabeludo que só passou a dormir a noite toda aos três anos se tornou uma jovem segura de si, e tenho orgulho da relação que construímos.

Ela coloca uma fatia de pão na torradeira.

– Mãe, pode pedir pro Tom sair do banheiro? Não sei o que ele tá fazendo, vou me atrasar pra escola.

– Já tô aqui! – anuncia meu filho, entrando na cozinha.

Vejo nos olhos de Lou que ela está se segurando para não rir.

– É gel no seu cabelo? – ela pergunta.

– Dá pra ver? – Tom pergunta, arrasado. – Queria que ficasse natural. Nos outros sempre fica bom...

– Deixa eu ver, querido, vou arrumar.

Estendo a mão para soltar os fios, mas meus dedos batem em uma massa sólida e compacta.

– Ai! Quebrei o dedo!

– Sério?! – meu filho pergunta, assustado.

Tendo a esquecer que ele ainda não entende muito bem ironias. A irmã aproveita:

– Cuidado na hora de cumprimentar as pessoas, você pode matar alguém!

A risada de Seb chega antes dele.

– Filhão, aproveita e pendura os quadros do corredor? Três cabeçadas em cada prego e tá feito!

– Não tem graça, pai!

Lou solta uma gargalhada:

– Desta vez seu pai foi engraçado.

Essa cena banal tem ares de despedida. Seb nos deseja um bom-dia e me lança um sorriso triste. Apoiada no maldito tampo extensível, vejo ele se afastar e faço uma amarga constatação. A poucos dias do nosso décimo aniversário de casamento, é a primeira vez que ele me surpreende.

DIANE

Tom é sempre o primeiro a sair da escola. Ele sai correndo da sala, dispara pela alameda asfaltada e pula nos meus braços. Negociei com minha chefe um arranjo no meu horário para poder assistir a esse efêmero espetáculo duas vezes por semana. Quando ele chegar ao sexto ano, não terei mais isso. Com sorte, ele ainda vai aceitar um beijo no rosto depois que estivermos longe o suficiente do colégio; na pior das hipóteses, vai preferir pegar o ônibus. Então eu aproveito: ainda tenho três anos para ser o centro do universo do meu filho.

– Teve um bom dia, meu amor?

– Mais ou menos. O Mattéo zoou meu cabelo.

– E tirando isso? Fez alguma coisa legal?

– Não.

Ele só fala das coisas ruins. Passa horas brincando com os amigos, fazendo atividades com uma professora apaixonada pelo que faz, comendo uma merenda bem razoável, mas o que ele compartilha no fim do dia é o comentário desagradável de um coleguinha que, ironicamente, usa um penteado que mais parece uma alga. É um dos traços que eu preferia que ele não tivesse herdado.

Lou e Tom são tão diferentes quanto um irmão e uma irmã podem ser. Se o pai de Lou pudesse me ouvir, ele me corrigiria: "meio-irmão e meia-irmã". Mas os dois se amam por inteiro, nunca vi dividirem pela metade o vínculo que os une. E, sinceramente, não acho que isso explique as diferenças entre eles.

Ele chorou todas as manhãs até a metade do primeiro ano; ela chorou porque teve que voltar para casa depois do primeiro dia de aula. Ele demorou a fazer amigos; ela vive cercada de gente. Ele fala pelos cotovelos; ela observa tudo. Ele não suporta roupa apertada, comida batida, barulho de secador de mãos, multidões, mudanças de ambiente; ela come de tudo, em qualquer lugar, a qualquer hora. Ele chora quando cai; ela se levanta rindo. Ele joga longe o que não consegue fazer funcionar; ela pode passar horas desmontando, montando, consertando.

Dizem que a gente aprende a ser pai ou mãe à medida que os filhos crescem. Eu acho que a gente não aprende nada. A cada nascimento, as cartas são redistribuídas. O que vale pra um, não vale pro outro. Não deveríamos comparar, mas é inevitável: Tom ressalta o temperamento tranquilo e sólido de Lou. Ele me lembra um frágil filhote de passarinho que precisa ser protegido e incentivado.

– Dei um soco no Paul – anuncia o frágil filhote de passarinho ao entrar no carro.

– Ai, ai, ai.

– A professora disse que ia falar com você, mas acho que esqueceu.

– Você, pelo visto, não esqueceu. Você sabe que não deve bater em ninguém, Tom. Por que fez isso?

– Ele passou na minha frente na fila da merenda.

– Isso não é motivo para ser violento.

– Eu sei. Mas me deu vontade.

LOU

Seb bate na porta do banheiro.

– Lou! Pode maneirar na água quente? Assim vai acabar esvaziando o boiler de novo!

– Tá, tá, já tô quase acabando.

– Você disse isso há dez minutos.

Solto um suspiro. Ele é legal, mas às vezes cansa.

Eu tinha 5 anos quando minha mãe começou a namorá-lo. Não lembro de muita coisa, só do meu pai dizendo que alguém tinha roubado a mulher dele e que eu não podia chamá-lo de pai. Obedeci, ainda que muitas vezes meu falso pai me trate mais como filha do que o verdadeiro. Tá, ele faz piadas de tiozão e usa bermuda cargo até o meio da canela, mas gosto dele.

Ensaboo o cabelo pela terceira vez, para tentar tirar o cheiro de cloro. Deviam proibir aula de natação no colégio. Fede, escorrega e, pior ainda, é superconstrangedor.

Falei pra professora que estava menstruada, torcendo pra ser dispensada, mas ela não acreditou. Talvez porque mais quatro usaram a mesma desculpa. No vestiário, tem umas meninas que não estão nem aí. Ficam peladas, à vontade, do jeito que vieram ao mundo. Eu preciso de um box para me trocar em paz. Mas o pior é fora do vestiário, quando a gente tem que andar até a piscina, sem escudo de proteção. Sinto todos os olhares em cima de mim. Ouço as risadinhas, os cochichos. Alguns nem tentam disfarçar: "Com esses *airbags*, impossível afundar", "O dromedário tem uma corcova, Lou tem duas". Eles se divertem, os idiotas. Se ao menos tivessem tanto QI quanto espinhas na cara…

Eu tinha dez anos quando meus seios se tornaram mais importantes do que eu. Eu ainda dormia com meus bichinhos de pelúcia, ainda penteava os cabelos das minhas Barbies – nada havia mudado, só o olhar dos outros. Quando percebi os meninos encarando meu decote, as buzinas me seguindo na calçada, os sorrisos insistentes, é que entendi: ninguém via mais uma menininha. Foi brutal. Como se eu fosse só aquilo. Um par de peitos. Um corpo. Uma aparência que provocava coisas que nem eu entendia, mas que me deixavam desconfortável. Um dia, no Natal, na casa do meu pai, tio Ludo disse na frente de todo mundo: "Olha só, os peitinhos da Lou estão crescendo". Eu queria sumir.

Quando entrei no sexto ano, meus peitos já eram maiores que os da professora Piccoli, o que não era pouca coisa (todo mundo chamava ela de "Corcunda"). Eu tentava me esconder atrás de blusas largas, mas elas são uma péssima capa de invisibilidade. Logo ganhei uma fama que me precedia (como meus peitos): virei a vadia. Na primeira vez que ouvi essa palavra, nem sabia o que queria dizer.

Quando eu era pequena, sonhava em ser adulta. Colocava os saltos da minha mãe, adorava ver ela se maquiar, usava seus perfumes, cobiçava seus sutiãs de renda. O tempo se arrastava, eu mal podia esperar para ser mulher, parecia tão incrível. Hoje, daria tudo para voltar a ser criança. Para que o meu mundo ainda coubesse dentro do meu quarto.

– Lou, pode abrir a porta, por favor?

Agora é minha mãe. Desligo o chuveiro e saio, mas minhas bochechas seguem molhadas.

– Um segundo, mãe!

– Preciso estender a roupa da máquina.

Enxugo os olhos, não quero que ela perceba. Ela não precisa de mais uma coisa para se preocupar. Me enrolo na toalha e abro a porta.

– Tudo bem, filhota?

– Tudo sim, e você?

– Sobrou água quente pra gente?

– Acho que sim. Mas água fria faz bem pra circulação.

Ela não ri. Abre a máquina de lavar roupa e enfia os braços lá dentro. Encosto a cabeça em seu ombro e me grudo nela. Ela reclama, porque estou molhada, mas se vira e me dá um abraço apertado.

DIANE

Tom estava morrendo de vontade de dormir na casa da avó. É possível que, de maneira totalmente involuntária, eu tenha colocado essa ideia na cabecinha dele – afinal, o inconsciente às vezes precisa de uma forcinha. No começo da noite, eu o levo para a casa da mãe de Seb. Ele vai direto para o quarto, sem nem olhar para trás, provavelmente torcendo para encontrar os dois gatos lá dentro.

– Você está bem? – minha sogra me pergunta, colocando a mão no meu ombro.

Esse gesto me diz que ela está a par de tudo. Que ela sente muito por mim. Nós duas nos damos bem. Ela provavelmente já sabe mais do que eu. Com ela, Seb pode deixar de lado o comedimento e a delicadeza. Ele não precisa poupá-la. Talvez sua suposta necessidade de um tempo não passe de uma forma de suavizar a queda do meu mundo. Talvez ele já tenha tomado uma decisão e saiba exatamente o que quer. Me vem à mente o método que ele segue para tirar os curativos de Tom. Mergulhar o local em água morna, esperar a cola se dissolver, puxar lentamente o esparadrapo, das bordas para o centro, esticando a pele com a outra mão. Eu preferiria que ele arrancasse meu coração de uma só vez.

Beijo meu filho, minha sogra, e vou embora sem perder tempo.

Pela manhã, ao chegar à escola, eu havia mandado uma mensagem para Seb:

"Jantamos fora hoje?"

Ele respondeu:

"Se você quiser."

Pois é, ele respondeu com o entusiasmo de um condenado à morte, mas poderia ter dito que não. É o que fico repetindo para mim mesma enquanto caminho até o restaurante.

Marcamos de nos encontrar lá; a ideia de irmos juntos me parecia estranha. Ele já está sentado quando entro no pequeno salão. Está vestindo o terno do trabalho, nem se deu ao trabalho de trocar de roupa. Sorri ao me ver chegar. Beijo-o nos lábios e percebo, mentalmente, que fazia tempo que isso não acontecia. De apaixonados, nossos beijos se tornaram automáticos, depois inexistentes. É quando correm o risco de desaparecer que os detalhes se tornam importantes.

– Tudo bem?

– E você? – ele responde sem responder.

Sento na frente dele.

– Fico feliz que tenha topado.

– Sem problema.

Contenho minha decepção. Não sei o que eu esperava. Há poucos dias, ele me disse que não sabia o que estava sentindo. Era óbvio que não me receberia com um beijo ardente.

Ele me serve o vinho e me observa enquanto levo a taça aos lábios.

– Você me ama? – ele pergunta de repente.

Coloca a taça na mesa.

– Claro que amo.

– Tem certeza? Quero dizer, você ainda sente algo... fisicamente, quando pensa em mim? Sente minha falta quando não estamos juntos? Ainda sente desejo por mim?

As perguntas me atingem em cheio. Soam como ataques, acusações.

De que amor ele está falando, afinal? Da paixão dos primeiros tempos, carnal e avassaladora? Ela não resiste ao dia a dia, vai se desgastando como um piso de madeira, pisado milhares de vezes. Ela vai se erodindo, se arredondando, até virar um apego que se enraíza mais no coração do que no corpo. Claro que sinto falta da urgência do começo, da obsessão estonteante, dos sorrisos bobos, do coração batendo forte dentro do peito. Claro que eu gostaria de sentir de novo aquela atração, aquela fome insaciável por sua pele, aquela tempestade entre minhas pernas quando seu olhar me tocava. Claro que eu gostaria de me sentir viva apenas ao lado dele. Claro que eu preferia não me irritar com a despreocupação que antes eu achava tão charmosa. Claro que eu gostaria de não querer matá-lo quando ele ronca, o que antes eu achava "tão fofo". O tempo muda as coisas de lugar, bagunça tudo. Estar juntos, fazer amor e conversar por horas a fio era mais importante que TUDO. Ocupava todo o espaço, era prioridade absoluta. Tirando minha filha, o resto parecia anódino, irrelevante, desimportante. Hoje, estar juntos, conversar por horas a fio e, especialmente, fazer amor vêm depois de TUDO. Depois dos filhos, do cansaço, do trabalho, da academia, das reuniões, dos amigos, das compras, da papelada, do skincare, da soneca, da faxina, de um filme – mesmo ruim. Do topo da lista, caiu para o último lugar. Uma verdadeira degringolada.

Até tentamos reservar momentos só pra nós dois. Juramos de pés juntos que não falaríamos nem de filhos, nem de trabalho, nem de boletos, nem de canos entupidos. Mas invariavelmente acabávamos tendo o seguinte tipo de conversa:

– Que bom aqui, né, só nós dois.

– É. Que sorte a nossa, termos um ao outro.

– Com certeza.

– Aham.

– Humm.

– Pois é, pois é.

– Já ouviu a nova do Stromae?

– Ainda não, é boa?

– Ótima.

– Que bom.

– Você tem que ouvir.

– Boa ideia.

– Lembra do Tom cantando *Papaoutai* sem parar?

– Ah, sim, muito fofo! O que será que ele tá fazendo agora?

Pois é. Dez anos juntos. Às vezes eu me perguntava, nos silêncios que se prolongavam, o que ainda teríamos a dizer um ao outro se passássemos os próximos quarenta anos lado a lado.

Ele me encara, esperando minha resposta.

– Eu também já me perguntei sobre o que sinto, Seb. Acho que é inevitável, e até saudável. Fiquei com uma certeza: mesmo às vezes sentindo falta da paixão dos primeiros tempos, ainda prefiro o amor que temos hoje. Não tenho nenhuma dúvida de que te amo. Sabe por quê?

Ele balança a cabeça, talvez esperando uma lista de provas. Continuo, guiada pela angústia:

– Porque fico feliz quando você está feliz, e sofro quando você está triste. A gente não sente isso pelas pessoas que não ama. É físico, visceral, como com meus filhos. E para responder: sim, eu ainda sinto sua falta. Não é a mesma falta, mas muitas vezes tudo o que eu mais quero é voltar pra casa, ver você, ouvir sua voz, me enroscar em você no sofá e dormir na frente da televisão. Quando vejo um céu absurdo de bonito ou ouço algo engraçado no rádio, fico com pena que você não esteja comigo. É muito simples, na verdade. Eu sei que te amo porque sempre me sinto melhor quando você está por perto.

Faço uma pausa, tomo um gole de vinho, e as palavras saem aos borbotões:

– Eu te amo pelo que você me traz, mas principalmente pelo que você é. Amo sua integridade, sua honestidade, seu senso de humor, sua doçura, sua lealdade, sua paciência, sua generosidade. Amo o pai que você é pro Tom, o padrasto que você é pra Lou. Amo seu sorriso, suas costas, suas pernas, suas mãos. Amo seu lado mau perdedor, e esse seu jeito apaixonado. Eu não te amo por hábito, eu te amo por escolha. Não tenho a menor dúvida, e vou fazer de tudo pra que você também não tenha.

Ele fixa o olhar num ponto em cima da mesa. Uma lágrima escorre por sua bochecha. Depois de um momento que parece uma eternidade, ele murmura:

– Fico tocado, Diane. Mas não é disso que estou falando.

Ele deixa o silêncio se prolongar. Limpa a garganta. E diz, bem baixinho:

– A gente transa duas vezes por mês. Você ainda sente desejo por mim? Você ainda se excita comigo?

O garçom coloca os pratos na nossa frente. Não tenho forças para agradecer. Me sinto zonza. Acabo de me declarar, e Seb pula em cima do meu coração com os dois pés juntos.

– Isso é importante – ele retoma, com suavidade. – Não estou dizendo que é o mais importante, claro que fico feliz que você me ame, mas eu sinto falta.

Penso em todas as vezes que eu não quis, que estava exausta, mas mesmo assim me convencia, repetia para mim mesma que o mais difícil era começar, que depois ficava bom, e que não demorava tanto assim. Como um salto de bungee jump. Aquilo se transformou numa tarefa, uma obrigação, como limpar a casa ou fazer as compras. Penso em todas as vezes que transamos porque ele queria, porque ele precisava, porque nos ensinaram que o homem tem necessidades, e que as nossas necessidades, as nossas vontades, podiam muito bem ser abafadas embaixo do travesseiro. Penso em todas as vezes que estava moída de cansaço, com a cabeça longe, mas os carinhos insistentes dele faziam eu me sentir culpada e ceder. Penso no amor que acabei de declarar pra ele e no olhar que ele mantém grudado na toalha de mesa, porque o que ele queria ouvir, na verdade, era que eu o desejava, que a gente ia transar com mais frequência, e que o resto, ah, o resto era enfeite, perfumaria. Penso em tudo isso, me levanto e vou embora.

LOU

Ontem um garoto do colégio morreu. Todo mundo só falava disso no recreio. Ele estava de scooter, bateu de frente num ônibus. Acabou. Alguns dizem que foi o sol que o cegou, outros, que ele avançou um sinal vermelho. Teve até quem dissesse que ele tinha brigado com a namorada e dirigia rápido porque estava abalado. Mas não sei como podem saber uma coisa dessas, porque ele morreu na hora. Os professores disseram que faríamos um minuto de silêncio em sua homenagem. Um minuto por uma vida. É pouco. Eu o conhecia de vista, nada mais. Ele estava no último ano, ficava sempre pelos lados do refeitório. O que mais me lembro é do cabelo dele, preso num coque. Não consigo parar de pensar. Nele, nos pais dele, nos amigos dele. É difícil aceitar que alguém possa desaparecer assim, de uma hora para outra, e nunca mais voltar. Ontem à noite, tive uma crise de choro durante o jantar. Minha mãe disse que era normal eu ficar triste, mas que eu mal conhecia o garoto, que ia passar. Seb disse: "Infelizmente, você ainda vai ver outros".

Que outros? Minha mãe? Meu pai? Tom? Vovó? Arya?

Então é isso, a vida? A gente passa uma parte aprendendo a amar as pessoas e o resto tentando aprender a viver sem elas?

Isso tudo pra quê?

Acendo a luz. São três da manhã. O sono se foi. Na ponta dos pés, vou até a sala pegar meu celular. Minha mãe não me deixa dormir com ele. Tecnicamente, não estou desobedecendo, já que não estou dormindo.

Tateio no escuro, a lua parece ausente. Arya se levanta e cheira minhas pernas. O rabo dela bate nos pés da mesa. Essa cachorra faria festa até pro ladrão. Assim que pego o celular, a luz me cega.

– O que você tá fazendo aqui?

É meu padrasto. Deitado no sofá, com seu travesseiro.

– E você?

Ele olha pro relógio e se senta.

– Lou, larga o celular e vai dormir.

– Por que você tá dormindo aqui?

– Eu estava com calor. E você, por que não tá dormindo? Por causa do que aconteceu no colégio?

As lágrimas brotam na mesma hora. Ele se levanta e calça o sapato – o preto, lustroso, que ele usa pra trabalhar.

– Vem comigo, vamos levar a Arya pra passear.

– No meio da noite?

– A gente não tá conseguindo dormir mesmo.

– Você sabe que tá de pijama, né?

– Não vamos cruzar com ninguém, Lou.

Se minha mãe ouvisse isso, matava a gente. Ele em primeiro lugar. Ela vive dizendo que o sono é superimportante, que ajuda a crescer direito. Sou a única da turma que precisa dormir às nove da noite. Até o sol fica acordado mais tempo do que eu.

Nenhuma palavra no elevador, nenhuma palavra no estacionamento. A Arya está vivendo o melhor dia da vida dela, correndo para todos os lados, com o focinho no chão. A cidade é toda dela. Seb acaba falando:

– Sabe, às vezes a vida é complicada.

Tá bom, Platão. Não sei o que fazer com essa informação tão profunda, então fico quieta e continuo andando ao lado dele na calçada.

– Você só tem 16 anos, Lou. Aproveite sua inocência.

– Bem que eu gostaria. Mas não consigo. Anaïs e Melha já superaram isso e não entendem por que eu tô assim. Nem eu. Sei lá... Faz um tempo que sinto tudo de um jeito mais forte que os outros.

Ele para, como se precisasse de tempo pra encontrar as palavras certas. Deve ter percebido que é um assunto importante pra mim.

– É a adolescência. Uma montanha-russa de emoções.

– Não sei. Então por que os outros não são como eu? E por que eu não era assim antes?

– Porque você está crescendo. Está confrontando a vida de verdade. Eu também sofri nessa fase.

– Se crescer é isso... não, obrigada. Dá medo.

A gente anda mais um pouco, ele se senta numa mureta.

– Do que você tem medo, Lou?

Nem preciso pensar. A lista dos meus medos está sempre de prontidão na minha cabeça. Hesito em falar sobre ela, mas Seb parece realmente interessado. A noite ao redor me ajuda a desabafar.

– Das responsabilidades. Das preocupações. De morrer. De perder quem eu amo. Antes eu não pensava nessas coisas. Quando o vovô morreu, vocês disseram que ele tinha ido pro céu. Por meses eu imaginei ele sentado numa nuvem, iluminado por uma estrela. Ele sorria, em paz. Eu dizia "boa noite" pra ele antes de dormir. Esperei ele voltar. Mas agora tô grande demais pra acreditar nessas bobagens. Não tem lugar suficiente lá em cima. Seria uma confusão danada se todos os mortos da história da humanidade se encontrassem. Então pra onde eles vão? Eles somem de verdade? A gente nunca mais vai se ver?

Vejo seu olhar preocupado. Falei demais. Ele vai contar tudo pra minha mãe, e ela vai ficar aflita. Melhor mudar de assunto.

– Por que você tava dormindo no sofá? De verdade.

– Porque eu estava com calor. De verdade. Vamos subir.

– Se estivesse mesmo com calor, não tinha posto esse pijama.

– Eu disse vamos subir, Arsène Lupin.

Não sei de quem ele tá falando, mas vou mesmo assim. O apartamento segue adormecido quando a gente entra. Vou pro meu quarto, mas Seb segura meu braço.

– Sabe, mocinha, você sempre vai poder contar comigo. Aconteça o que acontecer.

LOU

Eu não devia ter lido a bula do anticoncepcional. Dentro da caixa, a lista de efeitos colaterais ocupa mais espaço do que a cartela. Hugo disse que não tem risco nenhum, que os laboratórios são obrigados a listar tudo pra se proteger, que a mãe dele tomou por muitos anos e nem por isso morreu. Ela não está morta, tudo bem, mas parece que a pasta de dente dela está. Quando ela abre a boca, a gente se teletransporta pro esgoto. Ainda bem que ela quase nunca fala comigo, mas quando vai me dirigir a palavra, chega a três centímetros do meu rosto, fico até tonta. Fui pega de surpresa uma vez, mas agora aprendi a prender a respiração. Já fiquei sem ar de verdade, quase morri. Cheguei mesmo a pensar o que preferia: morrer por asfixia ou infecção. Tipo as perguntas idiotas da Anaïs: o que você prefere, pular do décimo andar ou morrer queimado? Ter rodas no lugar das mãos ou pés de chiclete? É ridículo, mas a gente morre de rir. Claro que não digo nada pro Hugo, não é culpa dele se a mãe fede a queijo podre.

Coloquei um alarme no celular pra não esquecer de tomar a pílula. Chamei de "meditação", caso minha mãe veja. De vez em quando, sento de pernas cruzadas e fecho os olhos, só para ficar verossímil. Mas duvido que ela descubra, ela nunca mexe no meu celular. Ela confia em mim.

Hugo disse que vinha ao meio-dia, já são quatro da tarde e nada. Vou perder o treino de basquete de novo. Pra falar a verdade, nem quero ir. Chloé contou para todas as meninas do time que ando saindo com um cara mais velho, elas ficam tirando sarro, chamando ele de vovô. Disseram que não é normal, que ele não podia sair com uma menor de idade, ficaram me enchendo o saco, se achando minhas mães. Elas não entendem nada. São umas crianças. Antes, eu adorava passar um tempo com elas, a gente dormia uma na casa da outra, nunca imaginei que nos tornaríamos tão diferentes. Tenho a impressão de que nada afeta essas meninas, elas não se importam com nada. Não ligam pro que acontece no mundo: guerras, assassinatos, estupros, o planeta queimando, gente morrendo de fome, crianças maltratadas, animais abandonados. Eu penso nisso o tempo todo. Às vezes acordo no meio da noite por causa dessas coisas. Às vezes até invejo elas, queria ter a mesma cabeça cheia de vento. Quanto mais eu cresço, mais tudo fica pesado. O Hugo me entende, pelo menos.

O interfone toca. Meu coração bate no corpo inteiro. Tento não demonstrar que tô tremendo, abro a porta como se o apartamento fosse meu. Me sinto adulta. Ele não me beija. Ele só me beija quando a gente faz *aquilo*. Ele ri ao me ver.

– Quem vai casar?

– Ninguém, por quê?

– Por nada.

Sinto vontade de sumir. Não sei o que me deu de usar esse vestido, devia ter colocado um jeans, como sempre. Achei que ele fosse gostar. Ele percebe que fiquei chateada.

– Ah, para, era só uma piada!

– Não teve graça.

– Tá bonito. Você colocou pra mim?

Não consigo me impedir de sorrir. Ele me puxa pra perto.

– Gosto quando você faz coisas pra mim.

Adoro estar nos braços dele. Me sinto segura. Ele está com um leve cheiro de suor, herança da mãe, provavelmente, mas eu poderia ficar nos braços dele para sempre.

– Vamos pro seu quarto?

– Você não quer conversar um pouco antes? Tenho que te contar uma coisa, minha mãe e meu padrasto estão…

– Me conta depois, tá?

Tento não demonstrar minha decepção. No fim, dá na mesma falar antes ou depois.

A gente faz *aquilo*.

Dói, como sempre. Na primeira vez, achei que fosse morrer de dor. Ele nem pareceu notar. Cerro os dentes, nunca demora muito. A pata de um dos meus bichinhos de pelúcia está pra fora do armário. Achei que tivesse escondido tudo bem direitinho. Espero que ele não veja. Hugo não pode achar que ainda sou criança.

DIANE

– Diane, tudo bem com você?

– Oi, mãe. Tudo bem, e com você?

– Não viu minhas ligações? Estou tentando falar com você há dias.

– Desculpa, os dias têm sido corridos ultimamente.

– Corridos demais para falar com sua própria mãe, incrível. Você sabe por que estou insistindo, não?

– Tenho uma vaga ideia, sim.

– Podemos contar com a sua presença?

– Mãe, você sabe que não. Eu gostaria de ter coragem de ir, mas…

– Não me culpe por tentar.

– Não estou culpando ninguém.

– É uma festa importante, sabe. Nunca mais vou fazer 70 anos.

– A gente comemora aqui em casa, da próxima vez que você vier, prometo.

– Não é a mesma coisa. Todo mundo vai vir. Consegui descobrir os detalhes, não foi muito difícil, seu irmão nunca soube guardar segredo. Fique sabendo que vai ter uma orquestra tocando o dia inteiro.

– Tentador.

– Não seja cínica.

– Me pergunto a quem puxei.

– Se não por mim, faça isso por seus filhos. É uma pena eles não conhecerem o lugar onde você cresceu. Não é do outro lado do mundo, fica a menos de uma hora da casa de vocês! Você tem noção de que eles estão sendo privados das suas raízes?

– Mãe, para de me fazer sentir culpada, isso já...

– Lá vem ela com essa história de culpa! Não se pode dizer mais nada, que tempos horríveis.

– Não podemos ir, sinto muito.

– Está bem. Anotado. Espero que você nunca se arrependa.

– Beijos, mãe. Te amo.

– Eu também te amo. Mas saiba que não sou eterna.

– Vou desligar.

– Ah, eu sei que vai. Tchau, minha filha. Até logo, *Infallah*.

– O quê?

– Quer dizer "Se Deus quiser" em árabe.

– Se diz *Inch'Allah*, mãe.

– Você é tão arrogante. Enfim, bom dia pra você!

Não consigo deixar de rir ao desligar. Ela já me fez de tudo.

Minha mãe esconde sua sensibilidade e suas angústias por trás do sarcasmo e da ironia. Dentro da mesma pessoa vivem uma generosidade imensa, capaz de fazê-la atravessar o planeta para ajudar um amigo, e uma exigência sem igual. Ela dá e espera receber algo em troca, o que a torna uma mulher constantemente decepcionada. Ela gostaria que meu irmão e eu ligássemos todos os dias, que contássemos tudo. Ela gostaria de estar no centro das nossas vidas, como nós estamos no centro da dela. Ela gostaria de continuar sendo nosso único horizonte, como quando tínhamos 5 anos. Ela vive em fotos amareladas e desenhos infantis.

Por muito tempo, senti uma culpa sufocante toda vez que pensava nela. Ela a cultivava de bom grado. Meus telefonemas eram recebidos com comentários ácidos, como: "Ah, ainda tenho uma filha!" ou "achei que você tivesse perdido meu número".

Quando eu ousava visitar minha tia, recebia mensagens cheias de drama. Ela me mandava por e-mail os resultados de seus exames médicos, sem assunto nem texto, e nunca perdia a chance de dizer que o maior sonho dela, antes de morrer, seria me ver, nem que fosse uma vez, voltar "para casa". Precisei fazer uma longa terapia para entender que isso não era normal, que um filho não deve preencher os vazios dos pais, que o problema estava no que ela sentia, não no que eu fazia, e que meu melhor nunca seria suficiente. A culpa deu lugar à raiva. Passei a não suportar nenhum comentário, a rebater com agressividade as críticas e as lamúrias. Cheguei a cortar totalmente o contato com ela, às vezes por alguns meses.

O nascimento de Lou melhorou nossa relação. Percebi que ela não agia contra mim, mas contra si mesma. Que ela não mudaria. Ela até tentava, eu via seus esforços nesse sentido, mas era mais forte que ela, vinha de um passado que não me dizia respeito. Cabia a mim tomar distância, parar de me sentir agredida ou responsável pelas expectativas dela. Ainda não está tudo resolvido, mas hoje consigo rir dos exageros dela.

Ouço Lou chegar do colégio. Ela vai direto para o quarto.

– Filhota! Vem dar um abraço na sua velha mãe!

Ela suspira, mas volta e se aconchega nos meus braços.

Espero que ela me ligue com frequência.

LOU

Estou com calor. Não consigo dormir. São 4h07. Faltam menos de três horas pro despertador tocar. Vou passar o dia exausta. E ainda tenho uma atividade de História. Primeira Guerra Mundial: o fim dos impérios europeus. 1915: batalha de Dardanelos. Sempre esqueço o ano. 1916: a batalha do Somme. Essa eu lembro. Tenho um truque para lembrar, penso na minha idade. Preciso tirar uma nota boa, a última foi péssima. A professora disse que, se eu continuar assim, vai ter que chamar meus pais. Eles não vão entender nada. Talvez não tenham tido uma boa ideia quando me fizeram pular o 2º ano. Eu me entediava demais. Mas agora vai ser difícil passar no *bac* de francês,* nem comecei a estudar. Por que não consigo dormir? Ouço um cachorro latindo lá fora. Talvez esteja pressentindo algum perigo. Espero que ele tenha um lugar para dormir. Estou com dor de barriga. Preciso lembrar de pegar meu celular amanhã de manhã. Será que coloquei para carregar? Minha mãe diz que não se deve deixar o celular carregando à noite, parece que pode pegar fogo. Minha mãe tem medo de tudo quando se trata do Tom e de mim.

---

* O *bac* de francês (ou *baccalauréat* de francês) é um exame nacional de língua e literatura francesa aplicado no penúltimo ano do ensino médio, em duas partes (uma oral e uma escrita). No último ano do ensino médio, os alunos realizam as demais provas, que avaliam as outras disciplinas. O *bac* é obrigatório para ingressar na Universidade na França. (N. T.)

Vírus, pisos molhados, dedos na boca, dedos na porta, carros, ônibus, vespas, cachorros, carrapatos, tempestades, sol, montanha, mar, banho, quinas de móveis, espinhas, pedaços de vidro, estranhos, comida mal mastigada, açúcar, gordura, cigarro, álcool, bullying, piscinas, pistas de patinação, brinquedos, trampolins, skates, bicicletas, febre, bolinhas de gude, facas, multidões, janelas abertas, fogo, produtos de limpeza. Seria mais rápido fazer uma lista do que ela não tem medo. 1915: batalha de Dardanelos, consegui lembrar! Que loucura, todas essas batalhas, todas essas guerras, e as pessoas continuam se matando, como se não tivessem aprendido a lição. Caí no vídeo de um bombardeio, queria que isso nunca tivesse acontecido. Não sei como apagar o que vi da minha memória. Não consigo sorrir sabendo o que acontece ao redor. Estou com sede. Mas se eu beber, vou querer fazer xixi. Seb não voltou esta noite. Espero que eles não se divorciem. Eu até que gosto dele. Minha mãe vai ficar muito triste. E Tom, nem quero imaginar. Espero que a gente nunca se separe, Hugo e eu. Ele me disse "eu te amo". Bem, ele respondeu "eu também" quando eu disse. É muita sorte ter encontrado o grande amor de primeira. Meu pai diz que só temos direito a um nessa vida. O dele foi minha mãe. Ele me diz isso toda vez que estou com ele. Faz dez anos que ele ainda a ama. Por isso vou lá mais vezes do que o previsto, mesmo preferindo ficar aqui. Ele fica muito triste sozinho. Fico de coração partido só de imaginar. Principalmente quando chega o Natal. O cachorro está latindo de novo. Talvez esteja preso em algum lugar. 4h56, o tempo passa mais rápido à noite. O cérebro descansa mesmo quando não dormimos? Vi um vídeo sobre uma mulher com uma doença raríssima: ela não consegue mais dormir, é impossível, e está condenada a morrer. Espero não ter essa doença. Só faltava essa. Já tenho acne. Preciso pedir para minha mãe outra receita da dermatologista. O consultório fede. Ela está sempre atrasada. Élina tira o buço. Antes ela descoloria, era pior, parecia o Astérix. Preciso assistir à última temporada de Gossip Girl. A série é meio antiga, mas eu gosto. Tenho certeza de que é a Serena. Meu pé direito está coçando. Quando coço com os dedos do pé esquerdo, sinto cócegas. Eu adorava quando vovô fazia cócegas em mim. Mesmo que ele não esteja no céu, espero que esteja em algum lugar. Meu coração acelera toda vez que penso nisso. E pensar que um dia meus pais também não estarão mais aqui... Vamos lá, preciso pensar em outra coisa. Arya. Ela é muito fofa, adoro como ela me recebe quando chego. Não posso deixá-la ficar na minha cama, mas às vezes, à noite, abro a porta e ela vem. Depois tenho que passar o aspirador nos lençóis porque ela solta pelo pra caramba. Mas tudo bem, gosto de sentir ela respirando entre os meus braços. E pensar que um dia ela também vai morrer... Droga, por que ainda estou pensando nisso? 5h11. Nunca mais vou conseguir dormir. Estou exausta. Queria poder parar esse barulho dentro da minha cabeça.

DIANE

Eu gostaria que o Ken desse um pé na bunda da Barbie. Que a Cinderela deixasse o príncipe encantado pelo vizinho. Que a Bela Adormecida fosse abandonada pelo namorado, que não aguentava mais seu estado vegetativo. Que Richard Gere mandasse Julia Roberts de volta para as calçadas. Que Baby fosse traída por Johnny. Que Meryl Streep deixasse o marido no carro para ficar com Clint Eastwood. Que Mr. Darcy fosse realmente o babaca que parecia ser. Que Jacques não oferecesse pérolas de chuva, que Johnny não prometesse nada, que Lara não amasse ninguém, que Édith não fizesse pouco caso do mundo inteiro, que Francis não bebesse da tinta dos olhos de ninguém, que Jean-Jacques não gravasse a casca de uma árvore até sangrar. Eu gostaria de não ter crescido acreditando que o amor é eterno e incondicional, mas sabendo que ele pode ser dado e tirado sem que isso seja considerado um roubo.

Ele está emburrado desde o restaurante. Continua dormindo no sofá, só me dirige a palavra quando absolutamente necessário, com um tom que beira o desprezo. É seu jeito de ser, ele nunca o escondeu. Às vezes ele precisa digerir as coisas sozinho, até parece um boi ruminando. Já aconteceu de ele me ignorar por duas semanas. É insuportável. Me sinto desprezada, insignificante. Abandonada. Como se eu fosse um trambolho inútil que ele só não joga fora porque pertenceu a sua querida avó. Nesse ponto, sou seu exato oposto: reajo na hora, sou toda emoção; às vezes sou caótica, me falta suavidade, mas, depois que coloco para fora, sigo em frente. Tentei conversar, ele respondeu que perdi esse direito quando o deixei sozinho no restaurante. Não insisti. Não vou implorar nem me colocar na posição de quem tem que pedir perdão. No fundo, é ele que está destruindo tudo com sua crise existencial.

Há dois ou três anos, eu também me perguntei a quantas andava. Pensei na vida sem ele, na guarda compartilhada, em ter outro apartamento, a cama vazia, até fiquei tentada por essa grama que parecia mais verde. Não acredito que o amor tenha que durar para sempre, acho até que passar a vida inteira ao lado da mesma pessoa não é uma capacidade natural do ser humano. Vejo isso mais como uma adaptação, como a tromba dos elefantes ou a corcova dos camelos. Suportar o outro, perceber suas qualidades sob defeitos cada vez maiores exige esforços, concessões. Ficar foi uma escolha. Consciente. Deliberada. Nessa encruzilhada da vida, decidi seguir pela grama menos verde, mas mais macia, mais acolhedora, perfeitamente moldada aos meus pés.

– Mãe, você não vem?

Tom bate na porta do banheiro.

Já vou!

– A gente vai se atrasar.

Lou e ele estão no corredor me esperando. Ela no celular, ele no mundo da lua.

Seb havia prometido ir ao cinema com Tom, mas não voltou. Não tentei saber onde ele estava e, para consolar meu filho, dei a primeira desculpa que me veio à mente. Odeio não cumprir as promessas que fazemos a nossos filhos, então decidi levar os dois para ver um filme. Deixei que escolhessem o que quisessem, todos sabemos que vou pegar no sono assim que as luzes se apagarem.

– Vamos, mãe? – Tom insiste, voltando à realidade.

– Se você tivesse esse mesmo pique pra ir à escola…

Lou levanta os olhos da tela, como se finalmente tivesse processado o que estava acontecendo:

– Mas espera, uma reunião? No sábado à noite?

– Quem? – pergunta Tom, sempre desatento.

– Não sei – respondo. – Foi o que ele me disse.

Minha filha olha para os sapatos na entrada do apartamento e continua sua investigação:

– E você acreditou?

Ela me encara, franzindo o cenho.

– Olha, não sei, pergunta pra ele quando a gente voltar. Vamos ao cinema ou quer continuar jogando Detetive?

Fecho a porta. Tom desce as escadas na nossa frente, Lou segue a meu lado.

– Mãe, tem certeza que tá tudo bem?

– Sim. Não se preocupe.

– Eu sei que o Seb está dormindo no sofá.

Ela segura minha mão e, pela primeira vez desde que nasceu, sinto que não é para tranquilizar a si mesma.

– Estamos passando por uma fase um pouco complicada, mas não se preocupe, vai ficar tudo bem. Enfim, espero.

– É a segunda vez que você diz pra eu não me preocupar, está causando o efeito contrário.

Chegamos ao térreo, abro a caixa de correio sem pensar, como sempre faço quando passo por ela. Lou se inclina e cochicha no meu ouvido:

– Se quiser que eu quebre a cara dele, é só falar.

Dou uma gargalhada. Desde pequena, sempre que percebe a tristeza me rondando, ela apela para o humor. Tom abre a porta e corre para fora.

– Tom, cuidado ao atravessar!

Ele já ouviu essa frase tantas vezes que nem a escuta mais. Essa rua me assusta, os carros passam rápido demais. A senhorinha do primeiro andar acena para nós. Ela está voltando do mercado com seu carrinho de compras. O chato do quarto andar está fumando na sacada, como sempre. Entramos no carro e vamos para o cinema. Na saída do estacionamento, cruzamos com o militar que mora na segunda entrada do prédio, ele está abraçando uma moça. Um grito estridente sai da boca de Lou, que começa a chorar.

Coloco minha mão sobre a dela. Eu não devia ter falado dos meus problemas.

LOU

Eu vou morrer.

Meu coração nunca bateu tão rápido. Ele vai explodir, com certeza. Não sei o que está acontecendo comigo. Fui acordada por uma sensação de sufocamento, devo ter sonhado que estava me afogando, que não conseguia recuperar o fôlego. Acendo a luz, meu quarto está se mexendo. É horrível. Vou morrer sozinha na cama, minha mãe vai me encontrar amanhã, não vou estar mais aqui para ouvir seus gritos. Minhas mãos estão formigando.

Saio da cama, minhas pernas tremem, é difícil caminhar. Minha mãe leva um susto ao me ouvir entrando em seu quarto.

– O que foi? Lou?

– Acho que estou tendo um ataque cardíaco.

Ela pula da cama:

– O quê? Mas como assim?

Tento responder, mas meus dentes estão batendo. A única coisa que sai da minha boca são grunhidos.

Minha mãe me abraça e esfrega minhas costas, como se quisesse me aquecer. Ela me aperta com força, meus braços não conseguem se mexer.

– Seu coração está batendo rápido demais?

Digo que sim com um gemido.

– É um ataque de pânico, filhota. Vai passar.

– Tem certeza? Eu não vou… Eu não vou morrer?

Começo a chorar.

– Tenho certeza. Sei do que estou falando. Vem, deita na minha cama e tenta respirar mais devagar.

Obedeço, ela me cobre com o edredom e se senta ao meu lado. Ela acaricia meus cabelos.

– Isso, filhota. Vai ficar tudo bem.

– Não está passando. Acho que não é isso, mãe. Juro que tem algo errado. Liga pro SAMU, por favor.

– Vamos esperar cinco minutos, tá? Se não passar, prometo que vou ligar.

Cinco minutos é uma eternidade. Ela respira devagar e me pede para imitá-la, mas estou muito sem fôlego. Às vezes sinto que melhora, que meu coração desacelera, que tremo menos, mas logo piora tudo de novo. Sinto arrepios no corpo todo.

– Mãe, por favor. Você prometeu.

Ela fica comigo durante a ligação. Ouço suas respostas a todas as perguntas, queria que viessem logo. Tenho medo de que cheguem tarde demais. Não largo a mão dela.

– Um médico está a caminho, filhota. Tenta se acalmar enquanto espera. Vou buscar um copo d'água pra você.

DIANE

Quando volto com o copo d'água, ela está dormindo. Ligo para o SAMU para cancelar o atendimento e me deito ao lado dela.

Eu tinha 16 anos quando as crises de pânico entraram na minha vida. Esperava nunca mais ter que enfrentá-las.

Quando Lou acordar, vou tentar entender o que desencadeou a crise. Não notei nada de anormal ou diferente ultimamente. Ela está indo bem no colégio, anda sorridente. Às vezes briga com as amigas, mas nunca dura mais de uma noite. Minha filha sempre me conta o que está sentindo. Deve ser um episódio isolado.

Fecho os olhos, mas o sono não vem. O terror nos olhos de Lou mexeu comigo. Tive que lutar para não agir como minha mãe. Internamente, eu gritava o nome da minha filha.

Pego o celular e releio a mensagem que Seb me enviou no fim da noite: "Vou dormir na casa do meu irmão, volto amanhã". Não respondi, mas, naquele exato momento, é com ele que preciso falar.

"Está dormindo?"

Depois de alguns segundos, três pontinhos indicam que ele está digitando.

"Não mais."

"A Lou teve um ataque de pânico. O corpo todo tremendo, foi impressionante."

"Que merda! Ela está melhor?"

"Está dormindo. Mas fiquei preocupada, significa que ela não está bem."

"Pois é. Outra noite, conversei com ela, senti que estava cheia de perguntas sobre a vida."

"Que noite?"

"Não lembro, segunda ou terça. Eu estava dormindo no sofá. Ela levantou pra pegar o celular, saímos pra caminhar."

"Por que você não me contou?"

"Estou contando agora."

"Isso é importante!"

"Não brinca."

"Você sabe que não brinco com essas coisas, Seb. Você conhece a minha história."

"Se eu soubesse que era pra levar bronca, teria fingido que estava dormindo."

"Não estou dando bronca, só quero que você entenda. Não podemos deixar passar coisas graves."

"Estou cansado de críticas. Não importa o que eu faça, nunca está bom."

"E eu estou cansada de ter que me preocupar com tudo o que digo. Você entende tudo como um ataque. Só pedi que prestasse atenção, caramba."

"Não, você disse que eu não prestei atenção. É bem diferente. Estou exausto, boa noite, Diane."

Não respondo. Enxugo as lágrimas. Não sei o que dói mais. Que a gente não se entenda mais depois de dez anos falando a mesma língua, que tenhamos que medir nossas palavras para que elas não sejam recebidas como flechas, que cada um se sinta agredido pelos sentimentos do outro. Ou que, nem por um segundo, ele tenha pensado em voltar para casa.

LOU

Chloé marcou comigo na parada de ônibus. Eu não queria ir, mas ela ameaçou contar pra minha mãe que não tenho ido ao basquete. Ainda bem que não éramos vizinhas durante a pandemia de covid. Ela está sentada no banco da parada, ao lado de um velho.

– Por que não está mais indo aos treinos?

– Foi por isso que me fez vir até aqui?

– Tive que fazer isso, você não responde mais às minhas mensagens.

Fico em silêncio porque não sei o que responder. Antes, eu tinha a desculpa do Hugo, que vinha me ver nas quartas à tarde. Eu poderia voltar a treinar, já que ele não está nem perto de voltar a pisar lá em casa, mas não quero. Não quero nada.

– É por causa do velho?

– Ele não é velho, tem 21 anos.

O velhinho faz uma cara feia.

– Você ainda está com ele?

– Não.

– Que bom. Você sabe que isso se chama abuso de vulnerável? Espero que não tenha ido pra cama com ele.

O ônibus chega. Bem que ela podia ser atropelada. O velhinho diz: "Concordo com sua amiga, menina, ele é velho demais pra você", e sobe no ônibus. Mas Chloé fica. E segue dando lição de moral:

– Se você dormiu com ele, isso é muito sério! Ele pode ir pra cadeia.

– Não dormi com ele.

– Que bom. Por que acabou? Você terminou com ele?

– Digamos que sim.

Ela me olha com as sobrancelhas franzidas, não sei se está tentando ler minha mente ou se está fazendo cocô. De qualquer forma, ela não pode fazer isso. Não devo nada a ela, tenho todo o direito de deixar que acredite que fui eu que dei um pé na bunda daquele imbecil, em vez de contar a verdade. Ou seja, que sou muito burra. Não sei como ninguém me disse isso todos esses anos. Eu fui muito ingênua. Devia ter visto de longe que ele só estava se divertindo comigo. Por que, né, o que eu queria? Que um cara como ele ficasse com uma garota como eu? Que idiota. Ele nem tentou negar. Poderia ter dito que era a prima dele, eu sou tão trouxa que teria acreditado. Ele só disse que não era casado comigo. O que não é mentira, mas não faz o menor sentido. Quando ele quis ir pro quarto, eu disse não. Eu gostaria de pensar que foi por orgulho, mas na verdade acho que eu só queria que ele insistisse um pouco. Que ele me provasse que eu importava. Ele riu e foi embora. Até tentei segurar seu braço. Já vi capachos mais dignos que eu.

Apesar do meu silêncio, Chloé não pretende desistir:

– Você sabe que pode confiar em mim.

– Chloé, eu confio mais numa calça branca do que em você. Você conta tudo pra todo mundo. Eu sei que foi você que disse pras meninas do time que eu estava saindo com um cara mais velho.

Ela parece magoada com minha observação. Parece ter lágrimas nos olhos. Burra não quer dizer insensível, então pergunto se ela está bem.

– Sim, é só minha alergia. Então, vai voltar pro basquete na quarta?

– Vou ver.

Ela solta o cabelo e brinca com o elástico. Estou quase indo embora, a conversa já se estendeu demais, mas ela me segura:

– Sabe, Lou… Na oitava série, eu tive uma depressão.

A alergia começa a escorrer pelo rosto dela. Coloco a mão em seu ombro:

– Eu não sabia, Chloé. Sinto muito. Por que está me dizendo isso?

Ela prende o cabelo e abre um sorriso envergonhado:

– Porque a gente se reconhece entre nós.

DIANE

– Não quero mais falar com o Mattéo. Ele é um bosta.

– Sem palavrão, Tom!

– Não é palavrão, é a verdade.

O trajeto vai ser longo. Eu estava com pressa de voltar para casa, depois de um dia exaustivo. Augustin, o garoto que acompanho em sala de aula, tem um grave déficit de atenção combinado com um TOD. Embora a sigla pareça saborosa, sua versão por extenso revela outra coisa: transtorno opositivo desafiador. Hoje ele decidiu que meu ouvido era o apontador ideal para o lápis dele, e eu passei a tarde tentando convencê-lo a usar o que estava guardado em seu estojo.

Eu gosto do que faço e acho que posso dizer que gosto de Augustin – principalmente quando ele fica longe dos meus orifícios –, mas é cansativo. Este ano, sou responsável por dois alunos do sexto ano: Augustin e Nour, que tem um transtorno do espectro autista. Ajudo os dois a entender as atividades propostas, a manter o foco, a canalizar a energia, a aprimorar as interações sociais, mas a essência do meu trabalho está na psicologia. Ouvir, entender, apoiar, guiar. Quando chego em casa à noite, minha paciência já chegou várias vezes ao limite, mesmo o dia estando longe de terminar. Crianças não ligam para o que vivemos nas horas anteriores, nem para o quanto estamos cansados. Elas chegam cheias de histórias para contar, frustrações para descarregar, alegrias para celebrar, limites para testar. E ainda estão com fome, sede, vontade de brincar, de conversar, nenhuma vontade de fazer a lição, de tomar banho ou de tirar a mesa. A gente devia ter um indicador de bateria visível, como os celulares, para eles saberem num piscar de olhos que estamos no modo pouca energia.

– Ainda é um palavrão, Tom. Não quero que você diga isso.

– Posso dizer que ele é um babaca, então?

– Também não.

– Mas ele é. Ele roubou todas as minhas cartas Pokémon – ele funga. – Até as que ganhei de aniversário.

Dou uma olhada pelo retrovisor, o queixo dele está tremendo.

– Como ele conseguiu roubar suas cartas?

– Bom, ele insistiu em fazer uma troca. Eu não queria muito, porque foi um presente que você me deu, mas ele tinha cartas superfortes, até umas Shiny, acredita?

– Incrível – minto.

– Todo mundo me disse que eram falsas, que eu ia me dar mal, mas ele jurou que nunca faria isso comigo, que eu era o melhor amigo dele.

Meu filho cai no choro. Ele não precisa contar o resto.

– Como você sabe que elas são falsas, meu amor?

– Foi ele que me disse, depois que entreguei todinhas na mão dele.

– Você pediu pra ele devolver?

– Sim, mas ele disse que era tarde demais. E a professora não quer nem ouvir falar, igual com as bolinhas de gude, ela diz que é um problema nosso, que a gente tem que se virar. Então eu me virei.

– O que você fez?

– Nada.

– Tom.

– Dei um chute nele.

– A gente tinha combinado que nada de violência – minto de novo.

Espero que o pequeno babaca tenha sentido bastante dor.

Quando chego em casa, só consigo pensar em uma coisa: comprar novas cartas Pokémon. As tristezas dos meus filhos pesam mais que as minhas. A ideia de que Tom foi vítima de uma injustiça me é insuportável, assim como a de que ele esteja infeliz. Não digo nada a Seb, que nos honra com sua presença e é recebido pelo filho com um entusiasmo irritante. Ele acha que eu não devia tentar compensar todas as decepções dos meus filhos. Que isso não os prepara para as crueldades do mundo. Ele se aproxima e me beija o pescoço.

– O fim de semana me fez bem – sussurra.

Eu gostaria de poder dizer o mesmo. Apenas sorrio:

– Que bom.

Sua decepção é visível. Ele provavelmente esperava ser recebido com balões e um boquete. Eu deveria estar aliviada, feliz, mas só sinto solidão e raiva. Me isolo no quarto para compensar o prejuízo de Tom. Já vi conjuntos de cartas Pokémon a preços acessíveis em sites de vendas de produtos usados, pois compro a maior parte das nossas roupas de segunda mão. Meu celular, aparentemente mais descarregado que eu, desliga. Vou para o quarto de Lou para usar o dela. O aparelho está em cima da mesa, no meio de uma bagunça que não combina com ela. Um barulho de água me avisa que ela está no banho. Abro o Google e clico na barra de pesquisa. O histórico aparece. Meu coração para.

LOU

Minha mãe está muito estranha esta noite. Ela não para de me encarar com um sorrisinho congelado, parece um biscoito Trakinas. No início, achei que tinha algo no meu rosto, mas fui olhar e estava tudo no lugar, até as espinhas e o narigão. Outro dia, no TikTok, caí no vídeo de uma garota explicando como afinar o nariz com maquiagem. Ela colocou uma foto do antes e outra do depois pra mostrar a diferença, era impressionante. Nos comentários, alguns diziam que era um filtro, mas não vejo por que ela mentiria. Fiz tudo igualzinho a ela: *bronzer* nas laterais e iluminador na parte de cima. Ela explicou que bastava brincar com a luz e as sombras, que era questão de equilíbrio, e eu pensei que seria ótimo se maquiagem funcionasse também para o humor. Esfumei bem, no espelho parecia discreto, mas não tive coragem de sair na rua. Nunca tenho coragem de sair com coisas novas, sempre estou de jeans e moletom, arrumo o cabelo do mesmo jeito todas as manhãs, não quero que os outros comentem nada sobre mim, o que certamente vai acontecer se eu aparecer de saia ou sem ter alisado o cabelo. Por sorte, no colégio ninguém repara no meu nariz, estão ocupados demais com meus peitos. Bom, tirando o Florian, que diz que meu nariz poderia ser usado pra farejar trufas, mas nada que venha dele me afeta. O cara nem testa tem, está mais pra um iPad.

– Está tudo bem, filhota?

Minha mãe segue me encarando. É a terceira vez que ela pergunta isso desde que começamos a comer. E ainda estamos na salada. Se ela não perguntar a cada trinta segundos, talvez o mundo acabe. Sei bem como é. Quando não repito uma palavra três vezes na minha cabeça, tenho a sensação de que algo ruim vai acontecer. Ou quando não viro a cabeça pro lado esquerdo depois de virar pro direito. Ou quando não piso só nos azulejos pretos do banheiro. Às vezes acho que sou louca. Talvez eu tenha herdado isso da minha mãe.

– Lou, você pode vir falar comigo no seu quarto?

Ah. Então tem mesmo alguma coisa errada.

– Posso terminar de comer?

Droga. Espero que a professora não tenha contado da última atividade de História. 1915: Batalha de Dardanelos. Lembrei tarde demais, óbvio.

– Leva seu prato com você, se quiser.

– Posso ir também? – pergunta o Tom.

– Não, querido – responde minha mãe. – Fica com o papai.

Tenho a impressão de que a voz dela está tremendo. Ela não me tiraria da mesa só por uma nota ruim. Se ela encontrou minha cartela de pílulas, estou ferrada. Ela entra no meu quarto e fecha a porta.

– O que foi, mãe?

Ela senta na minha cama e faz sinal para eu me sentar ao lado dela. Começo a ficar realmente com medo.

– Aconteceu alguma coisa com meu pai?

– Não, não se preocupe, está tudo bem.

Ela está tão estranha que até me tira o apetite. Coloco o prato na mesinha de cabeceira. Ela começa:

– Lou, você anda com algum problema?

– Hã... não. Por quê?

– Querida, tive que usar seu celular enquanto você estava no banho, e vi o que você tinha...

– Você não tem o direito de fuçar nas minhas coisas!

– Eu não estava fuçando, mas não é sobre isso.

Ela estende a mão, mas eu não a pego. Me recuso a deixá-la invadir minha vida privada. Ela nunca tinha feito isso antes. Tenho a impressão de que está conseguindo me enxergar por dentro e sinto vontade de gritar.

– Filhota, não sou sua inimiga. Só quero ajudar.

– Eu não preciso de ajuda!

– Então por que pesquisou quais remédios tomar para morrer?

Fico chocada que ela tenha visto isso. Preferia que tivesse achado as pílulas.

– Só pra checar uma coisa que ouvi.

– Que coisa?

– Um… um garoto da minha sala disse que a prima dele se matou tomando xarope pra tosse. Eu queria saber se era possível.

– Então por que não procurou "morrer com xarope pra tosse"?

– Sei lá. Não pensei nisso.

Ela se levanta e se aproxima de mim.

– Você sabe que pode me contar tudo, Lou. Eu posso ajudar.

– Eu sei. Mas juro que estou bem.

– Tem alguém te fazendo sofrer?

– Mãe! Eu tô bem! Eu não quero morrer. Podemos voltar pra mesa?

Ela me abraça e me aperta com força. Por bastante tempo. Tempo suficiente para me dar vontade de voltar a ser criança e acreditar que um simples abraço de mãe cura qualquer dor. Ela sai do meu quarto, eu pego meu prato e espero parar de tremer.

Eu não disse exatamente uma mentira. Não adiantaria nada deixá-la preocupada. Às vezes só quero que tudo pare, mas não sempre.

DIANE

Eu queria acreditar. Mais do que tudo nesta vida. Queria me contentar com sua explicação, me deixar convencer pelos esforços que ela fez para parecer sincera. Queria que as palavras encontradas no celular da minha filha e as imagens que elas despertaram saíssem da minha cabeça. Queria apagar esse equívoco e voltar para a vida normal.

Mas eu sei que ela não disse a verdade.

Entre todas as reações que imaginei antes de começar a conversa, a mentira era a pior de todas. Ela indica que não se trata de um pedido de socorro. Que não se trata de uma busca por atenção.

Eu sei disso bem demais... Os segredos mais bem guardados são aqueles que queremos proteger das influências externas.

Procuro minha psiquiatra na lista de contatos. Deixo uma mensagem na caixa postal e ligo a lava-louças.

Seb colocou Tom para dormir. Lou está estudando no quarto. De tempos em tempos, me aproximo da porta dela e me afasto de novo assim que algum sinal de vida me tranquiliza.

Eu não desconfiei de nada. Lou é a rocha da família. A que só percebe no dia seguinte que quebrou o pulso. A que todo mundo quer no time de basquete porque é incansável. A que reconcilia as amigas brigadas. A que consola toda a família quando o gato é atropelado.

Me orgulho de ter conseguido manter o diálogo com ela, mesmo depois da chegada da adolescência. De ter construído uma relação baseada na confiança e na comunicação. Achava que tinha encontrado um bom lugar na vida dela, tendo feito com habilidade a transição do posto de capitã para o de simples vigia. Acreditava saber tudo sobre ela, às vezes até mais do que ela mesma, que ainda estava em fase de descobertas. Mas não é verdade. Minha filha não é um prolongamento de mim, não tenho livre acesso a seus pensamentos.

A descoberta é violenta.

Em um segundo, uma abelha bate as asas duzentas vezes. 4,3 bebês nascem. Usain Bolt percorre 10,4 metros. Quarenta mil pesquisas são feitas no Google. Um litro de protetor solar é derramado nos oceanos. Em um segundo, uma mãe descobre que a filha a quem deu a vida não quer mais viver.

E eu nem encontrei as cartas Pokémon.

DIANE

Fui me deitar às 23h42. Acordei às 6h35. Entre esses dois momentos: nenhum segundo de sono. O vazio. Um grande espaço tomado pela angústia. Em certos momentos, o cansaço parecia me entorpecer, me envolver como um edredom macio, mas um novo pensamento logo me eletrizava. E se ela passar à ação? Quantas vezes atravessei o apartamento na ponta dos pés, entreabri a porta do quarto dela e percorri a penumbra com o olhar até ver seu peito subir e descer, subir e descer? Cogitei ficar em casa hoje, mantê-la ao alcance dos olhos, sob uma redoma, envolta em plástico-bolha. Mas não adianta. Se ela realmente quiser, vai encontrar um momento de distração para escapar. Preciso levar a coisa a sério, mas sem entrar em pânico. Esse é um equilíbrio ainda novo para mim.

Na sala de aula, à tarde, Augustin permanece alheio à minha tempestade interna. Minhas olheiras e minha atenção dispersa não lhe enviam nenhum sinal. Recentemente, ele me contou que todas as manhãs define suas metas do dia. Ao que tudo indica, a de hoje é testar meus limites.

– Ao menos tenta, Augustin. Tenho certeza de que você consegue.

Ele nem finge ler o enunciado do exercício. Brinca de entortar a régua em todos os sentidos. O professor Épervier, de Matemática, se aproxima da nossa mesa. Todos os outros alunos estão com o nariz enfiado no caderno.

– Está precisando de ajuda? – ele pergunta.

– Hã? – reage Augustin, como se acabasse de descobrir a existência do professor.

– Não se diz "hã", se diz "como é" – o professor corrige.

– Eu digo o que eu quiser.

Ele continua brincando com a régua, sem levantar os olhos. Ponho a mão de leve em seu antebraço e tento uma negociação:

– Augustin, o professor Épervier está sendo gentil e se ofereceu para ajudar. Você poderia aceitar.

– Tô pouco me lixando.

Murmúrios se espalham pela sala. O professor se empertiga:

– Me passe sua agenda.

Os movimentos das pernas de Augustin traem sua inquietação. Seu rosto está escarlate. A régua, aparentemente inquebrável, começa a mostrar sinais de fraqueza. O plástico azul parece trincar. Não sei qual dos dois vai quebrar primeiro. Me levanto:

– Vem, vamos tomar um ar.

Ele não se faz de rogado e me segue até o pátio. O sol ensaia uma tímida aparição, mas é logo encoberto por uma nuvem cinzenta. O professor de Educação Física apita um jogo de rúgbi. Ao longe, um cachorro late. Nada distingue um dia de merda de um dia comum.

– O que está acontecendo, Augustin?

– Nada, ele me encheu o saco, só isso.

– Você sabe que não pode falar assim com os professores.

– Não é culpa minha se tenho TOD.

– Não, claro que não. E eu sei que não é fácil pra você lidar com sua impulsividade. Mas você não pode usá-la como desculpa. O professor Épervier só queria ajudar.

– Eu sei.

– Você precisa pedir desculpas.

– Vou pensar.

– Não, você vai pedir desculpas.

Ele revira os olhos. Antes de mim, Augustin teve duas profissionais de apoio escolar. Uma delas mudou de profissão. Ele não suportava nenhuma das duas, e não as deixava em paz. A coordenadora achou que minha paciência e meu temperamento poderiam funcionar com ele. Não sei explicar como, mas foi o que aconteceu. Dizer que ele gosta de mim seria um exagero, mas ele me tolera. Ele me ouve, confia em mim. Fala comigo o tempo todo, me conta o que sente, seus sonhos, compartilha tudo o que passa por sua cabeça. É um menino muito sensível, dominado pelas emoções. Ele me comove muito. Me lembra muito alguém.

– Está conseguindo tomar seu remédio direitinho nos últimos tempos?

Ele chuta uma pedra.

– Sim. Tô de saco cheio.

– Entendo.

– Não, você não pode entender. Você não precisa de um remédio pra ser normal.

Via de regra, eu argumentaria. Explicaria que "normal" é uma ilusão, que as diferenças são uma riqueza. Eu listaria suas qualidades. Mas hoje não tenho forças. Ele não parece querer uma resposta e continua:

– Sou um zero à esquerda. Não adianta me explicar, não entendo nada.

– O lado bom é que você não vai gastar muito com educação.

Ele me olha, horrorizado. Estou tão chocada quanto ele. O cansaço apagou todos os meus filtros. Ele fica vermelho, depois roxo, e então começa a rir. Bem alto, como se eu tivesse dito algo hilário.

– Bom, vamos voltar pra sala, Augustin?

Ele se acalma.

– Não tô com vontade.

– Vamos, o dia já tá quase no fim. Só falta uma hora.

Ele me segue contrariado, arrastando os pés.

– Não gosto dele.

– De quem?

– Do professor Épervier. Ele me deu três na última prova, fala sério.

– Eu sei. Você vai tirar uma nota melhor na próxima.

– Além disso, dá até pena quando ele se abaixa. Sinceramente, ele devia ter sido professor de educação financeira se queria ficar mostrando o cofrinho.

O mais difícil é não rir. Porque o cofrinho do professor de Matemática está sempre descoberto, realmente. Meu telefone vibra assim que chegamos à sala. Dou uma olhada discreta, bem a tempo de ver o nome da minha psiquiatra aparecer na tela.

LOU

Ele era um idiota, de todo modo. Tipo, um idiota de verdade, mesmo. Não sei como não percebi antes, dá para ver a quilômetros de distância. Ele tem uma cara de pamonha. E se acha o máximo... Até os espelhos da casa dele devem ser mentirosos. Quando ele caminha, fica com os braços meio abertos como se o volume dos músculos atrapalhasse – mas a cabeça é do tamanho dc uma rolha. Como é que pude me apaixonar por esse babaca? Por que dói tanto ele não estar mais na minha vida? Se eu emagrecer um pouco talvez ele volte?

O sinal toca. A professora passa os temas da semana que vem e a gente sai da sala. Melha me espera no corredor:

– Vai direto pra casa?

– Não sei.

– A gente vai pra casa da Anaïs, vamos?

– Pode ser.

Ela me olha de um jeito estranho, eu abro um sorriso para ela. Faixa preta em fingimento. Melha e Anaïs são minhas amigas desde o quarto ano, mas não consigo dizer pra elas o que ando sentindo. Nem pra mim mesma eu consigo. Não me entendo mais. Mudei. Antes, eu sempre topava tudo, era quem sempre tinha as ideias do que fazer. Gostava de ver gente, estar na rua, me mexer. Quando ia dormir, mal podia esperar pelo dia seguinte para fazer mil coisas.

Nunca mais tive essa urgência. Eu queria voltar no tempo.

Já não sei escolher nem decidir. Já não sei do que gosto.

Queria voltar a ser alegre. Queria que alguma coisa despertasse a minha vontade.

Vejo minha própria metamorfose e não consigo fazer nada para impedi-la.

Não sei se é para sempre ou só uma fase. Me sinto em alto-mar, no meio da tempestade, ameaçada por ondas gigantescas, sem saber se um dia vou pisar em terra firme de novo.

Não acho que seja por causa daquele idiota. Já tinha começado antes, mas digamos que não ajudou. Ele só me mostrou que até as coisas boas podem acabar mal.

Hoje de manhã, decidi me vingar. Eu precisava que o bairro inteiro soubesse quem é o verdadeiro Hugo. Fui pra escola com uma caneta permanente escondida no bolso e passei pelo carro dele. Eu tinha escolhido várias palavras e desenhos, queria decorar os vidros e a lataria de forma poética, mas acabei amarelando. Meus pais me ensinaram a ser gentil. Não sei se foi a melhor coisa que fizeram.

Anaïs está esperando a gente no pátio:

– E aí, meninas, vamos pra minha casa?

– Yes! – Melha exclama. – Só preciso avisar minha mãe, senão ela é capaz de mandar a polícia atrás de mim.

– Que sorte a sua – responde Anaïs –, a minha ia demorar um mês pra perceber que sumi.

Melha balança a cabeça:

– É, mas você tem piscina em casa.

Anaïs completa:

– E uma geladeira que faz gelo.

Melha:

– E uma televisão maior que uma tela de cinema.

Elas esperam minha resposta. Rápido, algo engraçado para fazer todo mundo rir.

– E o papel higiênico mais macio do planeta. Eu poderia dormir em cima dele.

Anaïs ri:

– Vamos então? Meu helicóptero deve estar esperando lá na frente.

No estacionamento da escola, nenhum helicóptero, apenas minha mãe. Ela está em pé ao lado do carro, é a única mãe que não está escondida. Ela sorri pra mim e meu coração dispara. Não é normal ela estar aqui. Procuro meu irmão no carro, mas ele não está. Melha e Anaïs vêm comigo.

– Tudo bem, filhota? Oi, meninas!

– Onde está o Tom?

– Na creche, o Seb vai buscar depois.

Ela não parece estar mentindo. Meu coração desacelera. Por que sempre penso no pior?

– Por que você tá aqui?

– Você tem dentista hoje. Eu tinha esquecido completamente.

– Ah. Eu tenho mesmo que ir?

– Tem, sim.

Melha e Anaïs se despedem e se afastam. Entro no carro com minha mãe. Ela tira a bolsa do banco do carona e me pede para segurar:

– Pode colocar no chão? Cuidado pra não pisar em cima. Como foi o seu dia?

– Mãe, eu tenho mesmo que ir ao dentista?

Ela liga o rádio. Ouvimos a propaganda do queijo mais barato do mundo. Ela coloca a mão sobre a minha. Não estou gostando nada disso.

– Eu menti, filhota. Só não quis falar na frente das suas amigas. Estou te levando para ver alguém que pode te ajudar.

Ela dirige. E meu coração dispara de novo.

DIANE

A sala de espera está cheia, e novas pessoas não param de entrar. Na nossa frente, um adolescente, com os cotovelos nos joelhos, segura a cabeça entre as mãos. Ao lado dele, uma mãe puxa as mangas da filha para esconder as marcas arroxeadas de seus braços. Eu preferia estar em qualquer lugar, menos aqui. Gemidos emanam de um corpo encolhido sobre uma maca. Lou não tira os olhos do celular.

– Mãe, minha bateria tá quase acabando. A gente pode ir pra casa?

– Já vai ser a nossa vez.

– Faz três horas que você está dizendo isso.

Três horas e vinte e dois minutos, para ser exata. Lou já tentou de tudo para me convencer a ir embora, e quase conseguiu. Eu também preferia sair desse lugar sombrio, voltar para casa. Mas, acima de tudo, preferia que minha filha não tivesse pesquisado na internet uma maneira de morrer. Infelizmente, não podemos escolher a realidade como quem escolhe um batom.

Minha psiquiatra foi categórica: não se deve levar essas coisas na brincadeira. Ela não tinha horário disponível para nos atender com urgência e me aconselhou a levar Lou para a emergência psiquiátrica. “As crianças mais propensas a passar à ação são justamente as que não deixam transparecer nada”, ela me disse. Senti o pavor tomando conta de mim quando percebi que poderia não ter me deparado com aquela pesquisa no histórico de navegação.

– Mãe, por favor, não aguento mais. E ainda por cima tô morrendo de fome.

– Vi uma máquina de snacks na recepção, vamos pegar alguma coisa pra comer.

– Não quero comer aqui, quero ir pra casa. Estou implorando, mãe.

Ela tenta segurar as lágrimas com todas as forças, mas as comportas se rompem. Ela solta tudo, suas costas são sacudidas por espasmos. Eu a puxo para perto de mim e acaricio sua cabeça.

– Calma, filhota. Vai ficar tudo bem. Eu prometo que vai ficar tudo bem.

Ela se entrega, se agarra a mim, se aconchega em meus braços. Desde o ano passado já é mais alta que eu, mas o que sinto por ela nunca vai mudar: é um abismo e ao mesmo tempo uma montanha, dentro da minha caixa torácica, é um sentimento sem nome, uma mistura de amor, proteção, medo, força, raiva, alegria, uma emoção intensa que reúne todas as outras. Não importa seu tamanho nem sua idade, o lugar ou a hora, quando ela precisa de mim, a mesma explosão que senti no dia em que colocaram seu corpinho quente sobre o meu peito irrompe do fundo do meu ser. Um estado que nunca vai desaparecer: eu sou sua mãe, ela é minha filha.

No inverno em que ela fez 2 anos, sofremos um acidente de carro. Eu estava dirigindo, Lou estava atrás, na cadeirinha. Na nossa frente, um carro bateu em uma moto. Mesmo freando, não tive tempo de evitar o impacto. Meu primeiro pensamento foi para minha filha. Por três segundos, que pareceram uma eternidade, ela não emitiu nenhum som. Até que gritou. Saí correndo do carro, abri a porta de trás, soltei o cinto e a peguei nos braços. Ela berrava. Outros veículos pararam, algumas pessoas vieram ajudar, outras começaram a controlar o trânsito. A poucos metros, dava para ver a motoqueira caída no asfalto, com a perna toda dilacerada. A mulher que a atropelou estava paralisada atrás do volante. Um homem me avisou que o socorro estava a caminho. Fiquei andando de um lado pro outro com Lou no colo, falando com ela, cantando baixinho, fazendo cócegas, apontando para as árvores, inventando esquilos, qualquer coisa para distraí-la. Aos poucos, ela foi se acalmando. Até riu de uma careta que eu fiz. As sirenes anunciaram a chegada dos bombeiros. Os furgões conseguiram passar. Lembro das luzes, de dois homens vindo na minha direção, de um zumbido nos meus ouvidos, de pontos flutuantes diante dos olhos. Entreguei Lou para eles e desmaiei. Durante os dez minutos em que a vida da minha filha dependeu de mim, não senti medo, nem dor. Meu corpo esperou ela estar em segurança para desabar. Ela não teve nenhum arranhão. Eu quebrei duas costelas.

– Estou aqui, filhota. Sempre vou estar.

– Lou? – chama uma enfermeira. – Venha comigo.

Me levanto junto com ela.

– Fique aqui, senhora. Volto para chamá-la quando puder entrar.

Lou me lança um olhar assustado e se afasta. Me sento e começo a contar os segundos.

LOU

– Pode me dizer seu nome, sobrenome e data de nascimento?

– Lou Mercier, 17 de maio de 2009.

– Por que você está aqui, Lou?

– Não sei. Minha mãe está preocupada.

Ela lê uma ficha amarela.

– Ela tem motivo para estar preocupada?

– Não sei.

– Uma pesquisa na internet, talvez?

– Não foi nada. Só uma curiosidade.

– Você se sente triste? Deprimida?

– Às vezes. Como todo mundo.

– Está dormindo bem?

– Sim. Durmo bem.

– Está comendo bem?

– Sim.

– Quantas vezes por dia você come?

Penso um pouco.

– Três vezes. Às vezes quatro, quando chego com fome da escola.

– Você vomita?

– O quê?

– Você provoca o vômito?

– Não!

– Você se machuca?

– Como assim?

– Cortes, queimaduras, pancadas…

– Não.

– Às vezes você sente vontade de morrer?

– …

Eu vi todos aqueles zumbis na sala de espera. Não pertenço a esse lugar. Sei que essa pergunta é a que importa. A pergunta armadilha. Se eu disser que sim, eles vão me internar. Acabou. Eu não quero ficar aqui. Quero voltar pra casa.

– Lou? Às vezes você sente vontade de morrer?

– Não. Nunca.

Ela se levanta, mede minha pressão. Sai da sala. Volta com minha mãe.

– Lou não apresenta sinais de risco iminente.

Minha mãe solta um suspiro de alívio (eu acho).

– Não temos motivo para mantê-la aqui por mais tempo.

– Certo.

A médica entrega uma ficha para minha mãe:

– Entregue isso na recepção ao sair.

– Só isso?

– Sim. Esperava outra coisa?

– Não, mas… e agora, o que fazemos? Eu sei que ela não está bem. Como posso ajudá-la?

A mulher se impacienta. Eu fico com vergonha.

– Procure o Centro Médico-Psicológico mais próximo de sua casa para marcar um horário com um pedopsiquiatra. Consultas particulares são quase impossíveis de conseguir. Mas não se preocupe demais: sua filha é só uma adolescente. Está se fazendo perguntas, tem oscilações de humor, está testando seus limites. Nada de anormal. Não aumente o estresse da situação.

Ela nem espera que a gente saia do consultório, simplesmente vai embora. Minha mãe pega a bolsa (e talvez os cacos de si mesma), e voltamos para o carro sem trocar uma palavra.

Não sei o que ela está pensando. Quero dizer algo para tranquilizá-la, mas não me ocorre nada.

Me sinto culpada por causar tanta preocupação. Preciso me esforçar para voltar a ser como antes. Tenho que mandar embora cada pensamento sombrio e substituí-lo por um pensamento positivo. Encontrei vários posts motivacionais no Insta, salvei todos no celular. Não deve ser tão difícil assim, afinal, o cérebro é um músculo. Só precisa de um pouco de treino.

LOU

A casa do meu pai parece o brechó do Exército da Salvação. Foi onde ele comprou os móveis, e acho que escolheu mais pelo preço do que pela estética. Ou ele tem um gosto duvidoso mesmo. A gente até poderia pensar que o sofá é bege, mas a parte de dentro das almofadas é branca, o que não é um bom sinal. E pior ainda: se fico sentada nele por mais de dez minutos, minha bunda começa a formigar. Na verdade, ele é tão duro quanto a mesinha de centro. Aliás, geralmente prefiro sentar nela.

A única coisa legal é que ele tem um fliperama. Ganhou num bar, jogando, e adaptou o aparelho pra gente poder jogar sem fichas. Ele me busca a cada duas sextas-feiras à noite, a gente passa no mercado para fazer compras, eu posso pegar um saco de balas, depois vamos pra casa dele. Ele mora ainda mais alto que minha mãe, no nono andar. Acho que é o contrário do supermercado: quanto mais alto, mais barato. Ele me deixa a cama e dorme no sofá de titânio. Na caixa de madeira que serve de mesa de cabeceira tem uma foto do casamento dele com minha mãe.

Eu odeio ir pra lá, mas eu amo meu pai.

Tenho vontade de chorar toda vez que penso nele.

Ele ri o tempo todo, mas parece uma guitarra desafinada. Os olhos dele estão sempre tristes. Nas fotos de antes do divórcio, ele sorria com o rosto inteiro.

Meu pai trabalhava numa fábrica de carros, mas está desempregado há oito anos. Diz que perdeu tudo junto com minha mãe, mas depois sorri para mim e acrescenta: "Pelo menos ainda tenho você". Ele sempre repete as mesmas coisas.

– Quando você tira o diploma? – ele me pergunta.

– É o *bac* de francês, pai. Daqui a duas semanas.

– Ah, você sabe que eu não entendo dessas coisas. Saí da escola no sétimo ano. Uma pena, porque eu era bom. Sabia que até o quinto ano eu era o primeiro da turma? Ninguém nunca passava de mim. Foi depois que tudo desandou.

Eu sei. De cor. Mas faço de conta que é novidade, ele fica feliz. Não sei se percebe que já me contou isso mil vezes ou se realmente acha que é a primeira vez. Enquanto fala, prepara o jantar. Ravioli de lata. Ele coloca um monte de queijo na panela, fica uma gosma derretida.

– Sua mãe tá bem?

– Acho que sim.

– Ainda com o outro?

"O outro" é o Seb. Nunca ouvi meu pai dizer o nome dele. O fim de semana não pode começar sem essa pergunta. Acho que ele ainda tem esperança de voltar com ela. Ele espera minha resposta. Eu sempre dou a mesma:

– Sim, infelizmente.

Me sinto mal em falar assim do Seb. Não penso nada disso. Mas meu pai fica contente, mexe o ravioli com mais entusiasmo. Ele diz que o Seb roubou a mulher dele, que a viu na sala de espera do dentista e a levou embora. Fala como se estivesse falando do roubo de um vaso.

Meu celular toca. Ele está na entrada, não estou autorizada a mexer nele quando estou aqui. Meu pai diz que os celulares destroem os relacionamentos, que a gente passa a vida na tela e que a humanidade vai acabar. Ele é do tipo otimista.

Ele me pede para pôr a mesa. Na real, a gente não come na mesa, mas em bandejas, sentados no sofá de pedra, na frente da televisão. Uma vez, eu falei que a televisão também era uma tela. Ele não gostou. Desligou o aparelho e a gente teve que jantar se olhando e conversando. Um horror. Nunca mais.

Ele fica trocando de canal o tempo todo. É incapaz de assistir a um programa até o fim. Passamos do noticiário para um *reality show* ou uma competição de culinária.

Meu celular toca de novo. Várias mensagens. Eu sei o que é. É a Melha querendo saber se eu vou amanhã. É aniversário dela, elas vão fazer arvorismo. Eu disse que ia ver, mas na verdade já sei que não vou: quando estou com meu pai, nunca saio. Ele não proíbe, mas dá para ver que não gosta. Nas poucas vezes que saí, até a boca dele parou de sorrir, e ele escutava músicas ainda mais tristes que o normal. Posso muito bem ficar com ele, já que quase não nos vemos.

– Talvez eu tenha arrumado um emprego.

– Sério? Ah, que legal, pai!

– Calma, ainda não está certo. Tenho que confirmar.

– Emprego de quê?

– Motorista entregador. Não paga muito, mas a agência de emprego está me pressionando. Vou ver. Quer um iogurte?

Ele pegou no sono no meio do filme. Eu recolho as bandejas, lavo a louça (ele diz que, sozinho, não vale a pena ter uma lava-louças), pego meu celular discretamente e vou me deitar. A janela está aberta, ouço barulho na rua. Coloco a cabeça pra fora, é alto. Lá embaixo, uns caras ouvem música e falam alto. Me deito e abro minhas mensagens. É minha mãe. Cinco áudios.

"Lou, é o Tom, peguei o celular da mamãe."

"Não sei onde tem que apertar, espero que você escute."

"Só pra dizer que o papai foi embora."

"Ele pegou uma mala grande, estava chorando."

"Lou, você volta logo?"

DIANE

– Mamãe, posso dormir com você?

A cabeça de Tom aparece na porta. Levanto o lençol para deixar que suba na cama. Ele está de pijama de dinossauros e carrega o bichinho de pelúcia. Deita ao meu lado e fica olhando para o teto.

– Você acha que ele está dormindo?

– Quem?

– O papai.

– Não sei, meu amor.

Ele me olha:

– Você está triste?

– Um pouco. Mas vai passar. E você, está triste?

– Sim. Eu gostava de como a gente era.

A voz dele se quebra nas últimas palavras. "Como a gente era." Eu o puxo para perto e faço carinho na cabeça dele.

Eu não tentei impedir Seb de ir embora. Em três frases, ele varreu minhas esperanças para longe:

"Eu ainda te amo, mas não me sinto mais vivo."

"Não quero me arrepender depois."

"Vou pra casa do meu irmão, preciso pensar."

A angústia dele parecia sincera. Ele até derramou algumas lágrimas ao se despedir do filho. Essa é uma das coisas de que gosto nele: Seb não é um homem para quem sensibilidade é coisa de mulher. Nunca o ouvi mandar Tom ser forte, "ser homem", ou parar de agir como "uma menininha". Ele se sentou no sofá, com Tom no colo, e os dois choraram em silêncio. Foi ali que senti meu coração se despedaçar. A partida dele talvez seja temporária, mas eu a estou vivendo como uma ruptura.

Repassei a alegria intensa que senti quando Tom nasceu, as promessas de amor eterno que trocamos sobre o bercinho transparente, a certeza que tínhamos, naquela hora, de que nos amaríamos para sempre. Até nossas lágrimas tinham gosto doce. Como é possível ter tanta certeza, estar tão decidido, e mesmo assim fracassar? Como algo pode ser tão forte, tão real, tão presente, e desaparecer?

Seb deu uma última passada pela casa, para conferir se não havia esquecido nada. "Nem tudo está perdido", eu pensei, e não era a objetos que me referia. Torci para que aqueles últimos passos pelo apartamento escondessem uma hesitação, uma dúvida. Mas a única coisa que escondiam era o carregador esquecido.

Tom se senta e levanta o dedo, como um professor que acaba de ter uma ideia brilhante:

– Ah, mas sabe de uma coisa, mamãe?

– O quê?

– Os pais da Luna também são separados.

– Ah. E?

Ele levanta as sobrancelhas várias vezes, rapidamente:

– É algo que temos em comum. Não vejo a hora da segunda-feira chegar.

– Está bem, meu amor. Enquanto isso, vamos dormir, já são quase onze horas.

A porta da frente bate e nos faz estremecer. O rabo de Arya dá pancadinhas na parede. Tom se levanta de repente:

– É o papai?

Respondo que não, mas torço para que sim. A porta do quarto se abre, Lou aparece. Tom se atira nos braços dela. Ela me olha, séria:

– Eu disse pro papai que estava com ânsia de vômito e diarreia. Aí ele se ofereceu pra me trazer.

– Quer que a gente ligue pro médico?

– Não, não estou com dor de barriga. Só queria estar com vocês.

LOU

Eu não levaria nem vinte minutos de ônibus, mas minha mãe insistiu em me acompanhar à primeira consulta com a psiquiatra. Está me esperando no carro. Diz que é para me apoiar, caso eu precise, mas sei que é só para me vigiar. Ela está certa. Se ela não estivesse aqui, eu teria saído correndo.

O consultório fica em uma clínica, bem no centro de Grenoble. A sala de espera tem velas e pedrinhas perfumadas. Um horror. Aposto que a psiquiatra usa calça saruel.

E ainda por cima está atrasada.

Tenho mais o que fazer.

Amanhã tenho a prova escrita do *bac* de francês.

Eu estaria melhor no meu quarto, fingindo estudar.

Sons da floresta, agora. Cantos de pássaros e vento nas folhas. Só falta o Bambi se sentar do meu lado pra completar.

Aparentemente, só consegui o horário porque um paciente desmarcou. Minha mãe disse que foi uma sorte, porque ela já tinha ligado para dezenas de consultórios antes. Sorte, sei. Sorte teria sido ser atingida por um meteoro no meio da cara.

A porta se abre, um sujeito sai, seguido de uma morena baixinha com um vestido bege de bolinhas brancas. Bambi. Ela acompanha o cara até a porta e se vira para mim:

– Lou Mercier?

– I don't speak French.

Bambi sorri:

– *So we can speak English. Please, come in.*

Droga, ela é mais esperta do que o vestido dá a entender.

O consultório tem fotos de praias nas paredes e tapetes felpudos. Total clichê. Sento numa poltrona de frente para ela. Ela sorri de novo:

– *So, you are Lou, aren't you?*

– Tudo bem, eu falo francês.

– Ainda bem. Não sou exatamente bilíngue. Então, Lou, é a sua primeira vez aqui. Como posso te ajudar?

Repito o que fiz com a médica da emergência. Digo exatamente o que ela quer ouvir. Ela toma notas no computador; o som do teclado é até relaxante. Se eu me sair bem, no fim da sessão ela vai dizer que não preciso dela e pronto, acabou.

Ela quer saber tudo. É superindiscreta.

Se me dou bem com meus pais: sim, sim, eles são maravilhosos.

Se tenho amigos: sim, sim, vários.

Se vou bem na escola: sim, sim, tudo ótimo.

Se tenho namorado: não, e nem quero, estou muito bem sozinha.

Se me sinto feliz: sim, sim, a vida é maravilhosa, sou uma borboleta cor-de-rosa, iupi!

A sessão passa rápido. Bambi parece satisfeita com minhas respostas. Ela sorri o tempo todo, mas não tem um dente lá no fundo. Fico me perguntando se ela sabe que dá para ver. Se devo contar. Nunca sei o que fazer nesse tipo de situação. Na sexta série, falei pro professor de Ciências que ele estava com um negócio branco no canto da boca. Todo mundo tirava sarro dele, fiquei com pena. Levei uma hora de detenção. Não vou falar nada do dente. Ela deve saber que tem algo faltando, esse tipo de coisa não passa despercebida, não é todo dia que a fada do dente aparece.

– Terminamos, Lou.

Entrego o cheque que minha mãe me deu e me levanto pra sair. Ela continua sorrindo. Fala sério, que coisa mais chata. Ela deve achar que sorriso é contagioso, tipo bocejo:

– Nos vemos daqui a uma semana? No mesmo horário?

– Hein?

– Sem obrigação, claro. Mas se você topar, seria bom falar comigo de verdade.

Digo que está bom. Tenho uma semana para convencer minha mãe de que não preciso voltar.

DIANE

A tristeza chegou com tudo. Bem que eu estava achando estranho ter sido poupada. Arrogantemente, achei que tivesse me tornado forte o suficiente para enfrentar as dificuldades sem me abater, que tivesse adquirido a sabedoria necessária para aceitar as coisas que não posso mudar. De manhã, no banho, quando vejo que o frasco de xampu do Seb não está mais ao lado do meu, algo desmorona dentro de mim. Deixo a dor escorrer pelas bochechas, se misturar à água quente, levar pelo ralo as cinzas do meu relacionamento. Lou bate na porta:

– Mãe, anda logo! Vou me atrasar!

Ela tem a prova oral de francês hoje. Desligo o chuveiro, me enrolo na toalha, enxugo o rosto e abro a porta.

– Tudo bem, mãe?

– Tudo ótimo! Entrou sabão no meu olho.

Ela está tão preocupada com a prova que nem questiona minha resposta. Tom chega correndo, rindo:

– A Arya cagou na cozinha!

– Tom, sem palavrão.

– Tá bom, mamãe. Arya fez um cocozão enorme na cozinha.

Ainda nem são oito horas e eu já quero voltar pra cama.

O fim do ano escolar está próximo. Mal posso esperar pelas férias. Tínhamos decidido passar uma semana na casa do tio do Seb, na Camargue. Não sei se isso ainda vai acontecer. Se ele já vai ter acabado de pensar ou se vai precisar de mais alguns meses. É ridículo, e um pouco vergonhoso, mas vislumbro o aspecto material da separação. Com dois salários, já é difícil fechar o mês com dignidade. Preciso regularmente ameaçar o pai de Lou para que ele deposite a pensão alimentar. O medo de medidas judiciais é sua única motivação, já que ele acha que o dinheiro não é usado com a filha, mas comigo.

Meus sonhos sempre foram modestos. Não precisei limitá-los, eles entenderam que não teriam futuro. Cresci num ambiente em que o trabalho vem antes do prazer, e a necessidade antes da saúde. Vi meu pai se acabar de tanto trabalhar na construção civil e minha mãe abandonar carrinhos cheios de compras no caixa do supermercado. Entendi muito cedo que alguns degraus eram altos demais para gente como a gente. E não sofri com isso, era o que era. Nunca pensei em ser dona de imóvel, comprar carro novo, viajar para longe, pintar o cabelo no salão, usar roupas de marca. Cozinhei nos meus dois casamentos e minha roupa é lavada na mesma máquina há dezessete anos – à noite, no horário de tarifa reduzida. No fim do ensino médio, meu sonho era entrar numa escola de comércio. Peguei o ônibus para saber mais sobre as modalidades de inscrição. A secretária me entregou uma brochura e um *flyer* com os preços. Me lembro daquele saguão todo envidraçado e da alegria que senti ao me imaginar passando ali todas as manhãs. Por um instante, me senti importante. A anuidade era de trinta mil francos, sem contar uma estadia obrigatória em Nova York. Experimentei um sentimento de injustiça até então inédito, uma raiva triste, profunda. Eu acabava de compreender que se pode sair de uma cidade, mas não de uma classe social. Não fiz o *bac* e fui direto para o mercado de trabalho.

A realidade é ainda menor do que meus sonhos. Os degraus, ainda mais altos. Se Seb decidir me deixar de vez, não sei como vamos nos virar só com meu salário. Talvez precisemos nos mudar para um apartamento menor. Dois quartos são suficientes, eu posso dormir no sofá.

Jogo o presente fedorento da Arya no lixo. Ela me observa de sua caminha. É a primeira vez que faz isso. Também deve estar abalada com a ausência do dono.

– Tom, já escovou os dentes? Sua irmã vai se atrasar!

Entro no banheiro e ele está abrindo o tubo de pasta.

– Você está brincando? Anda logo!

Ele parece não me ouvir, sem pressa nenhuma. Lou está alisando o cabelo.

– Esquece os dentes, vamos.

– Não, preciso escovar meus dentes. Não quero ficar com cárie.

– Não temos tempo, Tom.

Ele coloca a pasta na escova, tampa o tubo, gira o tubo nos dedos.

– Tom, vamos!

Dou um grito. Ele enfia a escova na boca. Lou suspira:

– Mãe, tá tudo bem. Relaxa. Não é o fim do mundo. É só uma prova oral.

– Vocês me enchem o saco. Estão ouvindo? EN-CHEM O SA-CO!

– Sem palavrão, mamãe – diz Tom.

Lou cai na gargalhada. Saio batendo a porta, já cheia de culpa.

LOU

Logo vai ser a minha vez. Minha mãe me emprestou um blazer, tenho a impressão de estar usando uma fantasia. Melha bate na minha mão:

– Para de roer as unhas, vai dar tudo certo.

– Fácil falar, você já foi chamada.

– É, e me dei mal. Você ainda tem chance.

No exame escrito, acho que me saí bem. Escolhi comentar um trecho de *As pipas*, de Romain Gary. Gostei bastante do livro. Para o exame oral, passei a semana toda estudando. Revisei tudo, fiz fichas, treinei na frente do espelho. Não dormi à noite. Mas sei tudo de cor: poesia do século XIX ao XXI, prosa ensaística do século XVI ao XVIII, romance e narrativa da Idade Média ao século XXI, teatro do século XVII ao XXI.

Meu pai me mandou uma mensagem pela manhã: "Boa sorte na prova, você é a melhor, vai arrasar!!!". Fiquei feliz que ele ao menos tenha lembrado da data (mas é verdade que falei com ele ontem à noite).

Seb também me escreveu: "Boa sorte! Estou pensando em você, mocinha. Beijos". Não o vejo desde que foi embora. Ele deve ficar com o Tom nesse fim de semana. Ao que parece, está morando na casa do irmão, Florian. Espero que possamos nos ver logo.

Minha mãe fica me perguntando se já acabou. Coloco o celular no silencioso e olho as horas.

– Vou nessa.

– Ok – responde Melha. – Te espero no café.

Sigo em direção ao prédio enquanto ela grita:

– Vai fundo, garota! Você vai arrasar! Mostra pra eles quem você é! Essa é minha campeã! Vai, vai, vai!

Ainda ouço a voz dela depois que a porta se fecha.

É no fim do corredor. Cruzo com algumas pessoas, mas mal as vejo. As paredes parecem mais próximas que o normal. Tudo parece estranho. Meu coração começa a bater muito rápido, não ouço nada além dele.

"Vamos, vai dar tudo certo. Quando eu estiver lá dentro, vou me acalmar. É só nervosismo. Vai dar tudo certo."

Tenho a impressão de que o chão está se mexendo. Que calor. Paro na frente de uma janela e respiro fundo. O dia está lindo. Não é um dia para rodar no exame oral de francês.

Só mais alguns metros. Que calor infernal. A poesia do século XIX ao XXI. O soneto, a fábula, o… Que sede. O poema em prosa. Meu coração vai explodir. Hexassílabo. Meu. Coração. Vai. Ex. Plo. Dir. Minhas pernas vão sucumbir. Rima pobre. Sucumbir, explodir. Rima pobre, rima suficiente, rima rica. Um aluno sai da sala 6D. Minha sala. Vai ser a minha vez. Texto elegíaco, texto patético, texto… texto… São seis. Esqueci os outros. Texto irônico. Não, não é isso. Ouço meu nome. É minha vez. Esqueci tudo. Estou sufocando. Preciso sair. Preciso sair. Dou meia-volta e saio correndo.

DIANE

O sono insiste em não me visitar. Depois que Seb foi embora, as noites se tornaram palco dos meus arrependimentos. Ele me considera responsável pelo fim dos seus próprios sentimentos. Mesmo percebendo a manipulação e a falta de autocrítica desse diagnóstico, uma parte de mim, aquela que nunca foi muito autoconfiante, concorda com ele. Essa parte se faz ouvir com força à noite: "É tudo culpa minha. Ele vinha dando sinais há meses, se queixava da minha falta de carinho. Não deveria ser tão difícil fazer amor com quem se ama, não deveria ser um fardo. Eu estraguei tudo".

Mas outra parte de mim se impõe com o passar do tempo. Aquela que, depois de conversar com outras mulheres, de ler e de se informar, percebe que todas nós crescemos com crenças de outra época, transmitidas por nossas mães e por nossas avós, e que já passou da hora de deixar todas elas para trás. "O homem tem necessidades. Se quiser mantê-lo, precisa ser uma mestre-cuca na cozinha, uma fada no lar e uma puta na cama. Às vezes é preciso se forçar um pouco. Comer e desejar, é só começar. Se não for satisfeito, o homem procura em outro lugar. Faça de tudo para agradá-lo. Não se descuide. Maquie-se, disfarce as rugas, as olheiras, a cara de cansaço, mas não demais, porque fica vulgar. Cores fortes são só para lojas de tintas. Não fale alto. Seja doce e discreta. Quem fala demais afasta os homens. Depile-se, esconda os cabelos brancos, não roa as unhas. Feche o decote, encompride a saia, senão não adianta reclamar. Não transe na primeira noite. Não seja você mesma. Seja o que ele gosta."

Quanta baboseira.

Libertar-se dessas ideias, marteladas desde sempre, não é algo que acontece sem causar estragos, eles são inevitáveis. Quando conheci Seb, eu ainda achava que fazer amor regularmente era um dos pré-requisitos para a felicidade conjugal. Ele dispunha de um bufê livre. Não gostou de ser posto em dieta. O cansaço, as preocupações e os hábitos muitas vezes levaram a melhor sobre minha libido. O desejo diminuiu, raramente me atirava nos braços dele. O que mais fazia isso era a culpa, o hábito, o dever, a empatia, a pressão social. Hoje me tornei incapaz de colocar meu corpo a serviço de um desejo que não venha de mim. Somos duas pessoas, as necessidades dele não devem prevalecer sobre as minhas. Se ele quiser me deixar por causa disso, que fique à vontade.

A sociedade evolui. Lentamente, mas melhor que nada. Espero que meu filho respeite os desejos das parceiras tanto quanto os seus. Espero que minha filha se sinta livre para dizer não. Que não se force a fazer nada por achar que foi longe demais, ou por não querer parecer egoísta. Espero que sua primeira vez seja inesquecível, pelos motivos certos. Espero que um dia deixemos de educar os meninos como animais guiados por instintos e de criar as meninas para agradar, não para ser.

São três horas da manhã e eu poderia fazer um medidor de pressão explodir. Levanto para beber um copo d'água.

Na sala, a caminha de Arya está vazia. Ela deve estar no sofá, se acostumou a dormir nele com Seb.

Nada no sofá.

Nada na cozinha.

Começo a me preocupar, até que ouço um ronco conhecido no quarto de Tom. A cachorra está lá, deitada nos pés da cama. Ela abre um olho preguiçoso quando acendo a luz, mas volta a dormir na mesma hora.

É a primeira noite sem meu filho. Seb veio buscá-lo para o fim de semana. Como ainda não estou firme em minhas novas convicções, me arrumei como se fosse sair para um primeiro encontro. Dentro da minha cabeça, duas vozes travavam uma queda de braço: a da "safada na cama" e a do "seja você mesma". Seb nem subiu. Mandou uma mensagem: "Estou aqui na frente, pode pedir pro Tom descer?". Torci para que não estivesse esperando o filho embaixo da janela, como quando me pedia para jogar as chaves, e mandei Tom pelas escadas.

Saio do quarto de Tom e caminho no escuro. De tanto percorrer o apartamento à noite com meu filho bebê no colo, para acalmá-lo, conheço cada canto de cor, mesmo no escuro. Cada canto, menos a forma viva com a qual acabo de me chocar.

Solto um grito. A forma viva também.

– Lou?

– Mãe?

– O que está fazendo acordada?

– Vim te ver. Tive outro, mãe. Outro ataque de pânico.

Pego a mão dela e a levo para o meu quarto. Ela está batendo os dentes, tremendo.

– Vai ficar tudo bem, filhota.

Ela começa a chorar:

– Não vai, mãe. Eu não queria te preocupar, mas sozinha não aguento mais. Não estou bem. Preciso de ajuda.

LOU

Quando a psiquiatra me vê na sala de espera, ela parece surpresa:

– Que bom te ver outra vez.

Tento responder, mas um resmungo sai da minha boca. Sento na poltrona e espero.

– Como você está hoje, Lou?

– Não sei direito. Não dormi nada a noite passada.

Ela sorri, como se eu tivesse dito algo positivo.

– Sabe por quê?

– Sim.

– Pode me contar?

É agora. Tenho dois caminhos pela frente. Posso continuar fingindo que estou bem e esperar que tudo passe sozinho, ou posso cumprir a promessa que fiz à minha mãe e dizer a verdade.

– Não dormi porque a minha cabeça tá cheia de coisas que tenho medo de falar em voz alta.

– Do que você tem medo?

– Quando eu era pequena, minha mãe fazia um truque de mágica. No final do inverno, ela colocava o enorme edredom dentro de um saco plástico, aspirava todo o ar com o aspirador, e o edredom ficava minúsculo. Depois do verão, quando voltávamos das férias, ela abria o saco plástico e o edredom voltava a ficar enorme. Tenho medo de que a mesma coisa aconteça com os meus pensamentos. Que eles fiquem enormes se eu deixá-los sair.

Ela sorri:

– Entendo, Lou. Você não é obrigada a falar, é você que decide. Mas saiba que, se quiser falar, está no lugar certo. Você não está sozinha, eu estou aqui para ajudar a acolher suas emoções.

Fico um tempo sem dizer nada. Não sei por onde começar. Ela parece entender, porque sugere me fazer as perguntas da primeira sessão de novo.

– E desta vez, você responde de verdade. Pode ser, Lou?

Concordo com a cabeça e conto tudo.

Se me dou bem com meus pais: eles se divorciaram quando eu tinha 5 anos. Minha mãe logo foi morar com meu padrasto, Seb, e agora ele também foi embora. Meu pai é legal, me manda vídeos engraçados e eu respondo com emojis de gargalhada, mesmo quando não acho graça, porque fico feliz de saber que ele consegue ser algo além de triste, então não quero que ele pare. Acho que ele ainda gosta da minha mãe. Também me dou bem com ela, mesmo que às vezes a gente brigue. Minha mãe diz que fico muito no celular, mas quando não estou nele, ela me pede ajuda o tempo todo. Para tirar a louça da máquina, estender a roupa, arrumar a mesa, levar a cachorra para passear. Fala sério. É normal eu preferir o TikTok.

Se tenho amigos: tenho duas melhores amigas, Melha e Anaïs, adoro elas, mas às vezes tenho a impressão de que elas não me entendem mais. Acho que isso é o que mais me dói. Porque a gente se conhece de cor, sabe? Crescemos juntas… Elas não falam, mas eu percebo, porque sempre fico me perguntando o que os outros pensam de mim. É como se eu me visse pelos olhos dos outros. E o resultado nunca me agrada. Me acho burra e feia. Os outros sempre parecem à vontade. Consigo fingir que tenho autoconfiança porque sei responder, tenho senso de humor. Mas por dentro sempre me sinto pior do que todo mundo. Também tenho amigas no basquete. Jogo desde os 7 anos, mas faz meses que não apareço. Não conte pra minha mãe, ela não sabe.

Se estou indo bem no colégio: mais ou menos. Pode melhorar, como diz a professora Roumazière. Eu era ótima aluna antes. Até pulei o segundo ano do fundamental, porque me entediava em sala de aula. Recentemente minhas notas caíram. Eu presto atenção nas aulas e faço as lições à noite, mas é como se meu cérebro não conseguisse guardar mais nada. Como se ele fosse uma grande névoa. O pior foi na prova oral de francês. Entrei em pânico e fui embora. Demorei três dias para contar pra minha mãe. Não queria preocupá-la, e tinha razão, porque ela não dormiu a noite inteira. Ela ligou para explicar, perguntou se eu podia ter uma segunda chance, disseram que já era meio tarde, mas que iam ver se eu podia entrar na segunda chamada em setembro. Se não der, paciência, faço de novo no ano que vem.

Se tenho namorado: não. Tive um, o Hugo, mas ele era um idiota. Acabou. No começo, ele era um amor. Dizia que me achava bonita, que nunca tinha sentido nada igual. A única coisa que o incomodava era minha idade. Ele disse que não se via namorando uma pirralha. Que mulheres de verdade trepavam. Ele falou assim, desculpa a palavra. Ele não me obrigou, fui eu que decidi. Então a gente fez, e depois ele ficou menos legal. Começou a dizer coisas sobre meus seios, que eram grandes demais. Eu já sei que são. Um dia vou tirar um pouco, já pesquisei, mas parece que dói. Talvez tenha sido por isso que ele mudou. Ou então ele percebeu que eu era burra. Não sei. Agora ele está com outra. Ela tem seios pequenos.

Se me sinto feliz: não sei. Já não sei mais. Antes, eu nunca me perguntava isso. Às vezes sinto um vazio enorme, como um abismo dentro do peito. Não tenho mais vontade de nada.

Outro dia, na casa do meu pai, me assustei. Olhando pela janela, tive vontade de pular. Tipo, vontade mesmo. E me fez bem saber que era possível. Ainda bem que recebi algumas mensagens do meu irmão, me fizeram pensar em outra coisa. Não sei o que teria feito se não fosse isso. Fiquei apavorada. Acho que é um começo de resposta, não?

DIANE

Estou dirigindo há quase uma hora. A estrada se torna sinuosa, e a cada curva surge uma nova paisagem. Se eu não estivesse tão nervosa, provavelmente apreciaria aquela acolhida das montanhas.

– Chegamos em quinze minutos – me informa Lou, como se eu não estivesse vendo a tela do GPS bem na nossa frente.

As pernas dela não param quietas. Ela não abre a boca desde que saímos, mas a cada tanto segura minha mão.

Estou quase perguntando se ela continua decidida, mas mudo de ideia. A psiquiatra disse que daria 24 horas para ela aceitar ou recusar, mas só precisou de um minuto. Lou se agarrou a essa oportunidade como se movida por um impulso vital. Minhas dúvidas não devem segurá-la. Eu preferia que ela ficasse em casa, claro, que não fosse para esse lugar sobre o qual não sei quase nada, sem mim para protegê-la. Mas o mais importante é que ela fique bem. Porque claramente não está. A escuridão engoliu minha filha sem eu perceber. Ainda não assimilei totalmente essa informação. Não detectei o sofrimento por trás do sorriso dela. Vou demorar para saber como agir. Enquanto isso, me deixo levar pelos acontecimentos. Há três dias, enquanto eu esperava no carro, durante a consulta com a psiquiatra, Lou me mandou uma mensagem:

"Ela quer falar com você."

Eu não tinha planejado entrar. Pensei que ficaria no estacionamento, que ajudaria minha filha a juntar seus pedaços na volta, se necessário, que mostraria a ela que não estava sozinha, que podia contar comigo, nada mais. Ela não queria que eu a acompanhasse, e isso me pareceu ótimo. Percorri os metros que me separavam da entrada da clínica como se carregasse malas invisíveis. Lou me esperava na porta. Não precisei girar a maçaneta de metal. Não descobri se continuava tão dura quanto na minha época. Se a força que ganhei desde a última vez que estive aqui, quase trinta anos antes, teria tornado a porta mais fácil de abrir. Segui minha filha pelo labirinto de corredores até uma sala de espera cheia de velas e entramos no consultório.

A psiquiatra parecia um pouco mais velha do que eu. Ela se apresentou: Lucie Poirier. Morena, óculos quadrados. Ela me falou de um centro, criado há cerca de quinze anos por uma equipe de profissionais da área da saúde mental da qual ela fazia parte. Um lugar pensado para adolescentes que estivessem passando por sofrimento emocional que exigisse acompanhamento terapêutico, mas que ainda não precisassem de hospitalização tradicional. Uma espécie de antessala da internação, uma última chance. Senti dificuldade de respirar. Ela explicou que o afastamento do ambiente habitual costumava ser benéfico. Apresentou os critérios de inclusão (episódio depressivo, ansiedade, desvalorização, dificuldades de relacionamento, transtornos alimentares, evasão escolar) e de exclusão (fugas repetidas, atos de violência física ou sexual, tentativa prévia de suicídio). Comecei a sufocar. O centro ficava em Trièves, nos Alpes, a uma hora daqui com tempo bom. Ela enalteceu os benefícios da natureza para o afeto, descreveu a vista deslumbrante, mencionou caminhadas, escaladas, banhos de rio. Eu ouvia meio distraída. Ainda não sabia que Lou já havia aceitado. Eu nos imaginei voltando para o estacionamento, rindo dessa proposta extravagante. À luz do meu próprio passado, nem meus piores pesadelos teriam tido a crueldade de me impor a imagem da minha filha internada em um centro psiquiátrico.

– Mãe?

A voz de Lou me traz de volta ao presente.

– Sim?

– O que você vai fazer enquanto eu estiver no centro?

Mesmo à beira do precipício, ela pensa nos outros.

– Ainda não sei, filhota. Vamos encontrar algo para fazer, não se preocupe.

– Deixei uma carta embaixo do travesseiro do Tom. Você pode entregar pra ele?

Desta vez, sou eu quem segura a mão dela. A dra. Poirier disse que o retiro duraria no mínimo três semanas, mas poderia se estender, se necessário. Acrescentou que, embora raro, era possível que seu estado piorasse e exigisse internação hospitalar.

– Acho que chegamos.

O trajeto do GPS acaba. Não há placa, nem portão. Apenas um caminho de cascalho ladeado de pinheiros. Sigo por ele, o carro vai pulando até uma construção de pedras bege com janelas de madeira verde pastel. A psiquiatra não mentiu sobre a vista.

Dois carros estão estacionados sob um pórtico de madeira. Estaciono atrás deles. O olhar de Lou pesa sobre mim.

– Mãe, você acha que é uma boa ideia?

– Eu queria dizer que sim, filhota, mas não sei. No pior dos casos, se realmente não se sentir bem, você me liga. Venho buscar você.

– Promete?

– Claro. Chego em três minutos. Acho que vou montar uma barraca no jardim, parece legal aqui.

Ela sorri e eu a vejo de novo, em seu aniversário de 8 anos, ganhando um livro embora tivesse pedido material para fazer pulseiras trançadas. Foi ideia de Seb fazê-la pensar que tinha ganhado outra coisa para deixá-la ainda mais feliz ao abrir o presente verdadeiro. Fiquei impressionada, na época, com sua capacidade de fingir estar feliz.

– Vamos?

Ela hesita por alguns segundos, então abre a porta com firmeza:

– Vamos.

Tiramos as duas malas do bagageiro e caminhamos até o que parece ser a porta de entrada.

LOU

Eu não tinha entendido que o lugar ficava no fim do mundo. A gente dirigiu um tempão sem qualquer sinal de vida no caminho. Eu sempre morei em apartamento, no meio de outros apartamentos, dentro de um prédio cercado por outros prédios. É chato ouvir as conversas dos vizinhos e o barulho de descarga dos outros, mas tem algo reconfortante em sentir todas aquelas vidas ao redor. Enquanto minha mãe caminha em direção à casa, me aproximo do pequeno muro de pedras que cerca o jardim. Quero ver onde fui me meter.

Estamos bem no alto. Logo depois da mureta, a descida é muito íngreme, depois vêm campos e florestas que se estendem até muito, muito longe, algumas casas e, por fim, um vilarejo. Provavelmente o que cruzamos para chegar. Mens. Minha mãe disse que se pronuncia "mãs". Combina com as circunstâncias. Por mim podia se chamar Porém, Todavia, Contudo… Bem ao fundo, as montanhas, imensas. De relance, vejo algo se mexendo à minha direita. Foco melhor o olhar e vejo uma garota sentada sob uma árvore com um livro. Alta, de pele negra, cabelos loiros. Ela desvia o olhar e volta a se concentrar no livro. Eu digo oi. Ela mal levanta os olhos e responde:

– Oi. Disseram que ia chegar uma pessoa nova hoje. Bem-vinda.

Ela praticamente sussurra. Respira fundo e continua:

– Me chamo Beyoncé, e você?

Ela tá zoando, só pode. Respondo:

– Célinedion. Tudo junto.

Ela baixa a cabeça:

– Meu nome é mesmo Beyoncé. Minha mãe era fã.

Não sei se devo acreditar, então só digo que me chamo Lou e volto até minha mãe, que saiu da casa para me buscar.

Entramos numa grande sala com paredes de pedra. Ouço música e vozes. Vejo algumas pessoas, mas me concentro em minha mãe. Tenho a impressão de que todos estão olhando para mim, de canto de olho vejo alguns se aproximando para me observar melhor. Sinto vontade de sumir. Uma parede está coberta de fotos e palavras escritas à mão, provavelmente ex-pacientes. Me aproximo para olhar, mas uma porta se abre e um grandalhão vem em nossa direção.

– Oi, Lou! Meu nome é Rodolphe, sou enfermeiro. Venham comigo ao escritório.

Seguimos até uma salinha toda branca e nos sentamos, os três. Eu só olho pra minha mãe, o maxilar dela parece travado. O grandalhão diz:

– Bem-vinda ao Jovens Águias. Os primeiros pacientes do centro escolheram esse nome, há dezesseis anos. Nós o mantivemos porque ele representa muito bem nosso projeto para os jovens: recuperar a confiança e as forças para alçar voo. Vou falar mais com você no fim do dia, com orientações sobre o cotidiano e as regras do centro. Amanhã de manhã, você tem consulta aqui mesmo com a doutora Poirier, que você já conhece. Todas as consultas acontecem neste escritório.

Agora entendo a falta de decoração. Os outros não devem ter aceitado as pedrinhas perfumadas com cheiro de descarga tropical. Ele se levanta e caminha pela sala:

– Primeiro vou mostrar o espaço e levar você até o seu quarto. Ele fica em outro prédio, que chamamos de ninho. Este aqui é o celeiro. Você pode interagir com os outros adolescentes se quiser. No momento, temos dezoito internos, dezenove com você. Tivemos uma saída ontem. Tome o tempo que precisar para se relacionar com eles, vá no seu ritmo. Mas, antes de qualquer coisa, preciso inspecionar suas malas.

– Por quê?

– Por segurança. Alguns objetos são proibidos. Pode abrir, por favor?

Eu não quero abrir, mas ele não está perguntando. Odeio que mexam nas minhas coisas. Fico com vergonha. Ele vai ver minhas calcinhas e meus sutiãs enormes, uma família inteira pode morar num bojo só. Ainda posso mudar de ideia. Tenho certeza de que se eu disser pra minha mãe que quero voltar para casa, ela me coloca no carro antes de eu terminar a frase. Ela sorri. Já não sei o que quero. Abro as malas.

Ele tira meu perfume, por causa do álcool. Minha paleta de sombras, por causa do espelho. Minha chapinha, por causa do fio. Minha tesoura. O carregador do celular. Tenho a impressão de que minha psiquiatra me pregou uma peça.

– Como vou carregar o celular?

– Ele pode ser carregado durante o dia. O uso do celular é permitido uma hora por dia, entre cinco e seis da tarde. Em geral, o sinal é ruim, os jovens reclamam muito no começo do retiro, mas acabam descobrindo suas vantagens.

– Isso só pode ser brincadeira.

– Eu posso ligar pra ela? – minha mãe pergunta.

– Durante a hora em que Lou estará com o celular, claro. Escolhemos não proibir o contato com o mundo exterior, mas um afastamento do ambiente familiar e social costuma ser benéfico. Contamos com a colaboração dos familiares para o sucesso do tratamento.

Minha mãe acusa o golpe, vejo ela murchar na cadeira como uma ameixa seca. Eu não sinto quase nada. Tenho um monte de coisas na cabeça, elas partem em todas as direções, um verdadeiro show de fogos de artifício, mas minhas emoções parecem minha boca depois de levar anestesia pra arrancar um dente. Um pouco de apreensão, algumas dúvidas sobre minha decisão, e só. Me deixo levar como um tronco no rio. É bem isso. Sou um tronco no rio da vida. Um tronco com peito grande. O enfermeiro olha para minha mãe.

– Senhora, teremos um encontro semanal por telefone. Lou, vou levar você para conhecer seu quarto. Vou deixar vocês duas a sós por uns minutos, para se despedirem. Até já.

E ele sai.

DIANE

Dirijo algumas centenas de metros, o suficiente para que meu carro não seja mais visto do centro, estaciono na entrada de uma bifurcação e choro.

Durante os três primeiros anos de vida de Lou, parei de trabalhar. Eu era gerente de uma loja de sapatos no hipermercado Auchan. Fui promovida a esse cargo depois que a antiga gerente pediu demissão e nenhuma das minhas colegas quis assumir seu lugar. O cargo exigia horários muito mais extensos do que o salário pagava, mas, para orgulho dos meus pais, aceitei.

Foi como se Lou tivesse demorado dois anos para chegar. Ela nasceu numa noite de outono. Chovia torrencialmente. Ainda ouço o barulho das gotas batendo nas janelas. Passei toda a licença-maternidade amando minha filha. Eu só fazia isso. Amava, apaixonadamente, obsessivamente. Olhava-a dormir, cheirava seus cabelos, acariciava suas mãozinhas minúsculas, me extasiava a cada arroto, aplaudia cada cocô. A data da volta ao trabalho se aproximava, e as vagas na creche eram tão inexistentes quanto minha motivação. Eu queria continuar amando minha filha em tempo integral por toda a eternidade. O pai de Lou estudou nossas finanças, ligou para o banco e afirmou que a queda na renda familiar que minha demissão causaria não permitiria que sustentássemos essa situação para sempre, mas por três anos, sim.

Os três anos passaram num segundo. As horas mudaram no dia em que me tornei mãe. Elas calçaram as botas de sete léguas, e por mais que eu corresse atrás, elas fugiam sem me dar a menor chance. Lou foi para a escola. Ela não largava minha mão, ou era o contrário, não lembro bem, até que ela viu os brinquedos no pátio do recreio. O que pode a mão de uma mãe diante de um escorregador? Naquele dia, por um momento, o tempo andou devagar. Vaguei como uma alma perdida a manhã toda. Uma hora antes da abertura dos portões, eu já estava na frente da escola, como outros cinco pais ansiosos para reencontrar o sentido de suas vidas. Desde então, já passamos por doze inícios de ano letivo, aprendi a ficar longe dela mais do que meio período e encontrei outros sentidos para a minha vida. Hoje, no entanto, ao deixá-la nesse centro, sinto a mesma impotência que senti em seu primeiro dia de aula. Eu pagaria caro para ver minha filha correndo na direção de um escorregador novamente.

Eu não sei o que fazer de mim.

Raras vezes me senti tão impotente.

A primeira vez que ela teve febre, senti o maior medo da minha vida.

A primeira vez que a perdi numa loja, senti o maior medo da minha vida.

A primeira vez que ela caiu das escadas, senti o maior medo da minha vida.

A primeira vez que ela chegou atrasada, senti o maior medo da minha vida.

A primeira vez que descobri que ela pesquisou a melhor maneira de morrer, senti o maior medo da minha vida.

Cada medo supera o anterior, torna-o quase anedótico.

No caso da febre, do sumiço na loja, da queda das escadas e do atraso, eu soube agir. Cuidei, mimei, vigiei, liguei. Desta vez, só posso esperar. Esperar notícias dela. Esperar que ela melhore. Nenhuma tala, nenhum gesso, nenhum beijo mágico podem aliviar seu sofrimento.

Ligo o carro de novo. As estradas de montanha são um inferno na descida. Me concentro nas curvas fechadas, nos veículos que passam por mim, e, distraidamente, ouço as vozes dos participantes de um programa de rádio. O debate é sobre traumas transgeracionais, as fragilidades que herdamos. Não acompanho direito, mas é como se de repente tudo fizesse sentido.

Meu sentimento de impotência se desvanece para dar lugar a outro, empolgante. Meu cérebro funciona a todo vapor, conexões se formam e, de repente, a límpida cartografia do mal-estar da minha filha se desenha diante de mim.

Com uma pequena margem de erro, tenho certeza de conhecer sua fonte.

Ela se encontra num lugar do qual fugi aos 17 anos. Enterrei-o sob toneladas de negação e fiz de tudo para não voltar a pensar nele. Talvez, se eu o desenterrar, consiga salvar minha filha.

Ativo o assistente de voz do telefone e dito uma mensagem pra Seb:

"Vou deixar o Tom com você por mais algumas horas. Preciso fazer algo importante. Diz pra ele que a mamãe o ama muito e que volto hoje à noite".

LOU

O enfermeiro me leva para outra casa, que fica ao lado da primeira. Basta atravessar o jardim. Ela é maior que o celeiro e também é de pedra.

– Então aqui é o ninho. É onde ficam os quartos. O seu fica no primeiro andar, vem comigo.

Minhas malas estão superpesadas, ele poderia ter oferecido ajuda. Ele tem músculos demais para uma pessoa só, mas prefere me deixar sofrer sozinha. Sério, os braços dele são enormes. Se bobear, ele nem consegue dobrá-los. Não sei como ele escova os dentes.

– Aqui está. Tome o tempo que precisar para se acomodar e venha nos encontrar na sala de convivência, ok? A oficina de culinária começa em uma hora.

– Eu não posso ficar um pouco sozinha?

– Exceto em casos excepcionais, sua presença nas oficinas é obrigatória. Venha assim que arrumar suas coisas.

Ele fecha a porta, mas a reabre:

– Esqueci um detalhe. As portas não têm tranca nem código, mas é impossível fugir daqui. Estamos a muitos quilômetros da próxima cidade. E a região é cheia de lobos. Se alguma vez sentir vontade…

Ele fecha a porta de vez. Eu olho ao redor. Paredes amarelas. Cama pequena, com lençóis dobrados em cima. Uma mesa de cabeceira, uma cadeira, uma escrivaninha, um armário.

Uma prateleira. Uma televisão. Um banheiro com ducha e vaso sanitário. Uma janela que dá para os pinheiros. Tento abri-la para deixar o ar entrar. Está um calor insuportável. A janela abre só alguns centímetros e trava. O que estou fazendo aqui? É preciso ser muito otimista para pensar que morar com pessoas se sentindo mal pode me fazer sentir bem. Não vejo como pode dar certo. Uma vez, Seb colocou as meias sujas no cesto de roupa limpa e, depois de um dia juntas, todas as roupas fediam a queijo.

Abro as malas. A doutora Poirier me disse para trazer objetos para decorar o quarto, começo por isso. Na prateleira, coloco uma pequena luminária em forma de unicórnio, presente da minha mãe, e uma planta falsa que peguei na casa do meu pai. Um tiranossauro de plástico que Tom me emprestou, com a promessa de devolvê-lo ao voltar para casa. Os livros que Melha e Anaïs me deram. Embaixo do travesseiro, escondo meu bichinho de pelúcia preferido, um cachorrinho velho e desbotado. Na gaveta da mesa de cabeceira, guardo um caderno e um estojo com canetas coloridas. Poirier me aconselhou a escrever o que sinto, todos os dias. Vou tentar. Nunca fui muito constante nos meus projetos. Comecei vários diários e sempre enjoei depois de três dias. Eu também trouxe fotos. Mãe. Pai. Tom. Seb. Arya. Mãe, Seb, Tom e eu. Arya e eu. Melha, Anaïs e eu. Eu jogando basquete. Vou ter que pedir fita adesiva pra colocar na parede. Espero que deixem, já que aparentemente tudo é proibido aqui. No fundo da mala, encontro uma folha de caderno dobrada ao meio. Não me lembro de tê-la colocado ali. Descubro um desenho. Um arco-íris feito com canetinha, com as cores fora de ordem e algumas palavras escritas à mão.

"Para a melhor irmã do universo."

LOU

Choro sem parar, tenho a impressão de que nunca vai acabar. É como naqueles vídeos engraçados, quando alguém abre uma torneira esperando algumas gotas e de repente leva um jato na cara, um verdadeiro gêiser. Não costumo chorar com frequência, as lágrimas deviam ter se acumulado em algum lugar. Talvez no meu coração. Quando ele fica a dois dedos de se afogar, o sistema antitransbordamento entra em ação, como nas banheiras, e a torneira se abre. Observo os danos da inundação no meu rosto, o nariz vermelho, os olhos inchados. Então ouço uma batida na porta. É leve, não tenho certeza se ouvi direito, me aproximo e espero. Uma nova batida, mais forte. Abro e não tenho tempo de reagir, uma loira alta com um coque no topo da cabeça entra.

– Oi, novata! Precisa de ajuda?

Ela tem uma voz forte e grave, que não combina com seu corpo magro. Ela pega as fotos que estão na mesa de cabeceira e vai passando uma por uma.

– Eu estava esperando você descer, mas sou muito impaciente. Já faz uma semana que não temos nenhuma novidade. Finalmente um pouco de animação!

Ela solta as fotos e se vira para mim:

– O que foi? Comeu a língua?

– De jeito nenhum. Sou vegetariana.

Ela cai na gargalhada:

– Você tem senso de humor, adoro! Vamos nos dar bem! Seu nome é Lou, certo?

– Sim.

– E não quer saber como eu me chamo?

– Quero.

– Então pergunte!

Ela está começando a me irritar. Se todos forem como ela, não vou ficar muito tempo por aqui. Prefiro ser devorada pelos lobos a ter que aguentar esse tipo de gente. Respiro fundo.

– Como você se chama?

– Marguerite! Fico feliz que tenha perguntado.

Ela se senta na minha cama.

– Bem, a gente não pode dizer por que está aqui, mas por que você está aqui?

– Prefiro não falar sobre isso.

– E eu, quer saber por quê?

Não tenho tempo de responder, ouvimos gritos vindo do andar de baixo. Ela sai do meu quarto rindo:

– Uma briga! Fazia tempo que a gente não tinha uma!

Fico mais um pouco no quarto, em silêncio. Me sinto paralisada, sem forças, mas preciso descer. Preferia arrancar os dentes do siso sem anestesia. Marguerite pula em cima de mim assim que coloco um pé na rua. Ela me arrasta para um grupinho reunido no jardim. Ela cita os nomes de todos, não guardo nenhum. Minha presença mal é notada. Na sala de convivência, a mesma coisa, só alguns ficam me encarando. Ela me segura pelo braço, sinto que sou a nova bolsa dela. Enquanto ela conversa com um cara, consigo escapar e saio para tomar ar. Procuro um lugar onde não haja ninguém. Sigo pelo caminho de pedras que leva à estrada e caminho um pouco. Ao lado, a vegetação alta ondula. Tem algo vivo lá dentro. Meu coração bate forte. Deve ser um lobo. Eu não devia ter me afastado. O movimento continua, ouço alguma coisa. Uma espécie de música. Estou tremendo da cabeça aos pés, mas me aproximo lentamente. Primeiro vejo sapatos. Depois pernas. E uma cabeça. Uma menina está deitada na grama, de olhos fechados. Ela está lívida. Me atiro sobre ela e sacudo seu corpo.

– Ei! Você está bem?

Ela se endireita, com os olhos arregalados, e tira o fone dos ouvidos. Tem o cabelo cor-de-rosa e curto, quase raspado. Piercings na orelha e entre as narinas. Olhar assustado.

– Desculpa, achei que estivesse… enfim, que não estava bem, sabe.

Ela balança a cabeça, põe o fone de volta e se deita.

Fico um tempo parada, sem saber para onde ir. Penso em ligar pra minha mãe vir me buscar. Não me sinto bem, quero ir para casa. Penso em Tom, no cenho franzido que ele faz quando não entende alguma coisa. Eu o amo demais. Sinto falta dele. Penso em Arya também, queria abraçá-la, queria que ela pulasse em mim e lambesse meu rosto. Penso nas fotos das meninas nas paredes do meu quarto, mal posso esperar para vê-las de novo. Mas também penso nos ataques de pânico, e tudo fica pequeno dentro da minha cabeça, como quando começo a me angustiar, toda vez que anoitece. Percebo que não estaria melhor em casa. Não me sinto bem em lugar nenhum. Me sinto vazia aqui e fora daqui. Então, no fim das contas, ficar ou ir embora, que diferença faz?

DIANE

Não pego essa estrada há quase trinta anos, mas apesar das inúmeras construções que brotaram do nada, das novas rotatórias abertas e dos antigos comércios desaparecidos, apesar da apreensão, apesar das lembranças que me apertam a garganta, ao percorrê-la sinto uma sensação familiar, quase reconfortante.

Meus pais moram em uma casa perto do vilarejo, em um conjunto habitacional popular construído nos anos 1980. Eu tinha 6 anos quando nos mudamos para lá. Foi no verão, antes de eu entrar na primeira série. Meu irmão tinha 9 anos. Lembro da alegria da minha mãe por ter conseguido essa casa. Antes, morávamos em um apartamento na periferia de Grenoble. Essa nova casa era maior, tinha um quarto a mais e, acima de tudo, realizava o sonho dos meus pais: um jardim. Em troca, meu pai precisava fazer uma longa viagem para chegar ao trabalho, mas nunca o ouvi reclamar. Com frequência o ouvia se alegrar por ter uma churrasqueira.

Estaciono o carro no final da rua. Não quero que me vejam, ainda não tenho certeza.

Escondida atrás do volante, observo a fileira de casas geminadas. Todas idênticas. As janelas têm persianas alaranjadas, eram bordô da última vez que as fechei. O administrador as pinta regularmente. Cada casa tem um pequeno quadrado de grama na frente, delimitado por uma cerca de madeira, e um jardim maior atrás. Vejo a mim mesma pedalando orgulhosa na linda bicicleta rosa que ganhei de Natal. Desenhando um jogo de amarelinha na rua. Indo tocar a campainha da casa da Lulu para brincar de elástico com ela. Abrindo as pinhas com uma pedra sob o pinheiro-manso. Me escondendo atrás do muro dos Bertrand para fumar escondida com Lulu e Alexandre. Beijando Olivier na esquina. Lugares são habitados por lembranças, e minha infância reside aqui.

Finalmente saio do carro e subo a rua a pé. O muro dos Bertrand foi substituído por cercas de madeira. O pinheiro-manso perdeu a imponência. Ou talvez seja meu olhar que mudou. Na caixa de correio dos meus pais, o nome está quase apagado. Aperto a campainha do portão, como faria numa casa desconhecida, com a diferença de que meu dedo está tremendo.

Ninguém atende.

Caminho os poucos metros que me separam da porta da casa e bato.

Ninguém atende.

Vejo nisso um sinal. Um alerta. Eu não devia ter vindo, foi uma má ideia. Volto e subo a rua na direção oposta, com passos mais rápidos. Agora só temo uma coisa: que meus pais cheguem antes que eu tenha ido embora. Dentro do carro, lembro o motivo da minha vinda. Lou. Não posso deixá-la lutando sozinha. Ela carrega fardos que não lhe pertencem.

Então espero.

Uma hora.

Duas.

Quase três.

Um carro passa por mim e diminui a velocidade. Não o conheço, mas meu pai me disse há pouco que havia trocado de carro. Pisca-pisca, marcha à ré, ele estaciona na frente da garagem. Minha mãe desce primeiro. Não ouço sua voz, mas adivinho por suas gesticulações que ela está reclamando.

Meu pai sai do carro em seguida. De longe, eles parecem dois velhinhos. Eu não tinha me dado conta disso quando eles nos visitaram no início do ano. Os cenários do passado mudam a dimensão das coisas.

Meu pai está tirando sacolas de compras do porta-malas quando apareço na frente dele. Se fica surpreso, esconde bem. Ele me beija como se minha presença ali fosse perfeitamente normal. Apenas seu sorriso, enorme, denuncia sua alegria.

– Sua mãe não vai acreditar.

– Temo por meus tímpanos.

Sigo-o até a cozinha, onde ela está ocupada guardando os iogurtes na geladeira.

– Brigitte, temos uma convidada – meu pai anuncia.

Ela grita ao me ver, corre na minha direção e me abraça. Depois me encara com preocupação:

– Aconteceu alguma coisa?

– Não.

– Me diga a verdade, Diane. Eu dou conta de ouvir qualquer coisa.

– Mãe, está tudo bem, juro!

Ela põe a mão no peito e suspira alto:

– Não me assuste desse jeito! O que veio fazer aqui? Quer beber alguma coisa? Limonada? Café descafeinado? Está tarde para um café de verdade, você não conseguiria dormir depois.

Ela abre os armários, pega um copo, uma xícara, não para quieta.

– Só vou tomar um copo d'água, mãe. Não vou ficar.

– Mas que bobagem é essa? Veio até aqui só para beber um copo d'água? Não tem na sua casa?

O riso do meu pai chega até mim. Ele sempre foi o melhor público dela.

– Só vim buscar uma coisa.

Minha mãe cruza os braços e balança a cabeça.

– Não.

– Mãe…

– Você não pode realizar meu maior desejo e logo depois frustrá-lo. Você não pode fazer isso comigo. Você não é tão cruel assim.

– Lembre-se de que ela adorava esmagar formigas – intervém meu pai.

– Nada a ver! – respondo. – Era o Mathieu que fazia isso!

Ele põe a mão no meu ombro.

– Vamos, querida, me diga. O que você veio buscar? – ele me pergunta com voz doce. – Deve ser muito importante.

– É. Está no meu quarto. Posso ir buscar?

Minha mãe se fecha:

– Seu quarto virou um escritório. Me recusei a mudar qualquer coisa por quinze anos, caso você voltasse, mas seu pai acabou me convencendo.

Eu não tinha considerado essa possibilidade. Na minha cabeça, tudo estava congelado: os cheiros, as roupas, a cama desfeita e o papel de parede descolando em torno da janela.

– Tudo bem, mãe. Vocês fizeram a coisa certa. Mas que fim levaram as minhas coisas?

– Fique para dormir que eu conto.

Meu pai solta mais uma gargalhada.

– Mãe! Isso já é chantagem. Você precisa parar com isso. Quero voltar antes que escureça, Tom está me esperando. Pode me dizer onde estão as minhas coisas?

Ela não consegue disfarçar sua decepção, talvez porque não queira escondê-la. Ela abre a porta que leva à garagem e, com um gesto teatral, aponta para as pilhas de caixas empilhadas até o teto:

– Nunca joguei fora nada que fosse seu ou do seu irmão. Sou incapaz de fazer uma coisa dessas. Cadernos, desenhos, redações, poemas, cerâmicas, roupas favoritas, brinquedos…

está tudo aqui. Eu poderia ganhar uma pequena fortuna se vendesse tudo, mas sabe como é, essas coisas me dão a impressão de que vocês ainda estão um pouco aqui.

Me deparo com dezenas de caixas. Algumas em melhor estado que outras. Pego uma ao acaso, giro para todos os lados procurando uma indicação do que contém, mas não há nada escrito. Vou ter que abrir todas, e, com a minha sorte, o que procuro estará na última.

Tiro a jaqueta, aceito finalmente um copo de limonada e começo a ressuscitar o passado.

Minha mãe vem regularmente verificar se ainda estou aqui, se não foi tudo um sonho, e aproveita para me contar uma história ou outra. Passar tempo comigo.

Encontro minhas *fashion dolls*, imitações da Barbie, que era cara demais pro nosso orçamento. Eu passava horas fazendo as bonecas conversarem, brigarem, se reconciliarem, se amarem, se traírem, se beijarem. Minha preferida era a morena, a única com quem eu podia me identificar um pouco, embora ela não tivesse nenhum cabelinho nas pernas. Encontro minha árvore mágica, meu macaquinho de pelúcia e o rádio-cassete onde gravava minhas músicas favoritas. Redescubro fotos de turma, não me detenho muito nelas, temo cruzar com alguns olhares. Releio alguns boletins escolares. Eu era uma boa aluna. Não excelente, porque era preguiçosa, mas tinha facilidade para entender as matérias. Me dava mal nas que exigiam decoreba. Dou risada lendo o boletim do primeiro ano do ensino médio. No terceiro trimestre, o professor Bedin escreveu: "Só falta o chapéu para ela se tornar uma verdadeira turista".

Duas horas já se passaram quando abro uma caixa com livros. Aqueles que li várias vezes, em idades diferentes, porque não tínhamos muitos. Então ele me salta aos olhos. Está ali, um pouco amassado, entre *A Floresta encantada* e *Eu, Christiane F.* Exatamente onde eu o havia escondido. Reconheço sua capa verde. Vê-lo depois de tantos anos me emociona. Não tenho tempo de abri-lo, meu pai aparece com um ar triste.

– Não vou esconder que foi sua mãe que me mandou. Mas eu ficaria feliz se você pudesse ficar. O quarto do seu irmão virou um quarto de hóspedes, a cama é bem confortável. Você poderia… só por uma noite?

Olho para o relógio. Já está tarde. Lá fora, a noite caiu, o caminho para casa parece mais longo. Estou de férias, e Tom ficaria feliz de dormir na casa do tio, com o pai e os primos. Posso pedir pra Seb buscar a Arya, o irmão dele tem um jardim espaçoso. Uma noite, só uma. Não é muito, afinal.

LOU

Fingi uma enxaqueca para tentar escapar da oficina de culinária, mas uma enfermeira, Karima, deixou claro que eu não tinha escolha. Achou útil acrescentar que "os únicos limites que devemos temer são os que estão dentro de nós mesmos". Um pouco mais tarde, ouvi ela dizer para uma menina: "Sempre mire na lua. No pior dos casos, você acaba entre as estrelas". Pelo visto, ela é a versão humana dos posts motivacionais do Instagram.

A oficina de culinária consiste em preparar o jantar do dia. Fizemos uma votação para decidir os pratos e eu levantei a mão todas as vezes. Não me sinto capaz de escolher o que quer que seja no momento, nem mesmo se quero rir ou chorar, então escolher um prato estava acima das minhas forças. Acabaram decidindo por uma salada de arroz e um bolo de iogurte. Se a gente está mirando nas estrelas, com certeza não são as do guia Michelin. Marguerite decide ser a chef e me entrega uma tigela de tomates-cereja:

– Vieram da horta. Lave e corte ao meio.

– Corto com o quê?

– Com a pepeca!

Não tenho certeza se ouvi direito, devo ter feito uma cara estranha, porque ela cai na gargalhada, superalto:

– Tô brincando! Pergunta pro Vin Gasolina, é ele que cuida dos talheres.

Não faço ideia de quem seja essa pessoa. Ela deve perceber pela minha cara, então explica que é o apelido do enfermeiro grandalhão.

– A gente chama ele assim porque ele é tipo uma versão Vin Diesel da Shopee, sabe, o ator!

O enfermeiro nos ouve. Ele me entrega uma faca de ponta redonda, e outra pra Beyoncé, que está do meu lado. Ele fica parado do nosso lado.

A faca não corta nada. Os tomates ficam deformados, a casca acaba rasgando. Lanço um olhar para o Vin Gasolina (o apelido é perfeito), e ele dá de ombros.

– É faca de passar manteiga – diz Beyoncé. – Pra evitar você sabe o quê. Nem os copos são de vidro.

– Bem prático pra cozinhar. Espero que a gente tenha direito a garfos.

– Ah, isso sim. Faca a gente nem precisa. É raro cozinharmos. Talvez a gente devesse, se quer saber.

– A comida é ruim?

– Péssima.

Ela olha em volta e se aproxima para falar no meu ouvido:

– Tenho um estoque de biscoitos e doces no meu quarto. Te dou alguns, se quiser. Mas não conta pro Sofiane, da última vez ele detonou três pacotes.

Janto na mesma mesa que Beyoncé, Marguerite e o famoso Sofiane. Ele não para de contar piadas, mas eu não consigo rir. Várias vezes, durante a refeição, tenho a estranha sensação de não estar realmente ali. Tudo é muito estranho. A angústia me invade junto com o anoitecer. Mal toco no bolo e vou direto me fechar no quarto. Ligo a televisão para não ouvir o barulho dentro da minha cabeça, mas às dez da noite temos que desligar tudo. Até a luz. Ouço sons que não conheço. Sinto cheiros que não reconheço. E sinto coisas que conheço bem demais. O coração acelerado. Formigamento nas mãos. Falta de ar. Espero um pouco, tento controlar a crise sozinha, mas acabo saindo do quarto. Desço as escadas com as pernas bambas. Não sei para onde ir, sigo as vozes que escuto e que me levam para fora. Encontro os três enfermeiros sentados em torno da mesa do jardim.

– O que você está fazendo acordada? – pergunta Vin Gasolina.

Karima percebe na hora que não estou bem. Ela me cede seu lugar e coloca meus pés em outra cadeira.

– Rod, busque um ansiolítico pra ela. Lou, você precisa respirar mais devagar. Se conseguir, segure o ar por uns segundos. É só um momento ruim que vai passar. Você sabe o que dizem: depois da tempestade sempre vem o sol.

DIANE

É como se minhas lembranças despertassem de um longo sono, como se, durante todos esses anos, elas tivessem esperado a oportunidade certa para escapar, para transbordar com uma intensidade extraordinária. Por mais que as paredes tenham mudado de cor e os móveis estejam mais modernos, os cheiros e os sons continuam os mesmos. A madeira lisa do corrimão da escada sob minha mão. A maçaneta teimosa da janela do banheiro. O perfume de lavanda do armário da entrada. O zumbido da ventilação no corredor. O gosto de cloro da água da torneira. As sensações são guardiãs das nossas lembranças. Os lugares, seus intensificadores. Nessa casa, toda uma parte de mim volta à vida. A infância representa apenas um pedaço da nossa existência, o mais antigo, o mais suscetível à erosão do tempo, no entanto, tenho a impressão de que é a nossa substância mais essencial. Ela se enraíza em cada uma das nossas células e nunca sai dali. Minha avó paterna sofria de Alzheimer. Por vários meses, antes que seu estado exigisse os cuidados de uma instituição especializada, ela morou conosco. Eu tinha uns 10 anos e ficava impressionada com o quanto sua infância ressurgia, mesmo estando tão distante. Ela havia voltado a ser uma menininha, tanto na maneira de pensar quanto na de se comportar. Falava dos pais como se ainda estivessem vivos. Dizia que precisava dormir cedo para não se atrasar para a escola. Uma vez, peguei ela brincando com minhas bonecas.

As décadas de sua vida adulta, o marido, os próprios filhos, tinham sido apagados, mas a criança dentro dela sobrevivia.

Borrifo um pouco de perfume no pescoço. Minha mãe continua usando a mesma marca. Eu adorava me encharcar com ele quando era pequena, logo depois de aplicar um pouco de sombra nas pálpebras, do jeito que conseguia. Ela me espera na frente da porta do banheiro.

– Vai almoçar com a gente? Já é quase meio-dia, estou fazendo frango ao curry.

Ela sente minha hesitação e aproveita os meus segundos de silêncio para mais um argumento:

– Agora que você está aqui, por que não fica um pouco?

Não sei dizer se é o frango ao curry ou a ternura dela que me faz aceitar, mas balanço a cabeça:

– Mas vou embora logo depois, viu?

O sorriso que ela abre é o de uma garotinha diante de uma árvore de Natal. Ela me dá um beijo na bochecha e me puxa para a cozinha.

– Me ajuda? Como nos velhos tempos!

Ela coloca a tábua de cortar e o frango na minha frente.

– Lave bem as mãos.

– Acabei de sair do banho, mãe.

– Mas você tocou em outras coisas depois que saiu. Não se brinca com frango cru, a gente pode pegar salmonela. Você não quer matar seus velhos pais, quer?

Na sala, ouço a risada do meu pai. Vou lavar as mãos. Ela me entrega um pano de prato limpo.

– Sabe o que seria maravilhoso?

Não tenho a menor ideia, mas o maravilhoso da minha mãe nem sempre é o meu, e sinto um leve pânico. Ela continua, sem esperar minha resposta.

– Seu irmão vem jantar aqui amanhã com a família dele. Eu adoraria ter vocês dois aqui ao mesmo tempo.

Solto a faca.

– Ai, mãe, que saco. Estou me esforçando para agradar, mas nunca é o bastante.

– Claro que é! Só que cansa, sabe, ficar medindo cada palavra o tempo todo. Você não pode me culpar de estar feliz, ora essa! Eu só queria ter meus dois filhos à mesa, aqui, na minha casa. Na casa de vocês. É pedir demais? Acho que não. Deviam agradecer por ter uma mãe que ama vocês, nem todo mundo tem essa sorte.

Enquanto fala, ela balança um garfo no ar. Meu pai entra na cozinha e tenta, discretamente, mudar de assunto:

– O tempo está fechando. Talvez seja melhor a gente comer dentro de casa.

Minha mãe deixa o garfo de lado e me abraça.

– Estou tão feliz que você esteja aqui, minha querida.

– Eu também.

Não estou mentindo. Pensei que seria insuportável, que imagens dolorosas me esmagariam assim que eu chegasse, que eu sufocaria de tristeza e arrependimento. Mas, por enquanto, sinto apenas a doce nostalgia da infância rondando ao meu redor. Ainda não abri aquilo que vim buscar. É a minha caixa de Pandora, tenho medo do que pode sair de lá. Mas tenho certeza de que minha filha não vai melhorar enquanto eu não fizer isso.

Meu celular vibra no bolso. Seb. Vou ao jardim para atender.

– Alô.

– Oi, Diane. Estou ligando a pedido do Tom. Ele está se divertindo muito com os primos e quer ficar mais um pouco. Tudo bem se eu ficar com ele mais alguns dias?

– Hmm... não sei. Estou com muita saudade dele.

– Ah. Como você quiser. Foi difícil deixar a Lou?

– Um pouco.

– ...

– Muito.

– Onde você está?

– Na casa dos meus pais.

– Quê? O que está fazendo aí?

– Vim buscar uma coisa. Depois te conto. Mas não quero que meus pais ouçam. Eles não sabem da Lou. Falei que ela está numa colônia de férias.

– Ok. A gente faz como você quiser.

Silêncio. Minha cabeça está uma confusão. Posso muito bem ficar algumas horas sem ver meu filho. Principalmente se for para ele ficar feliz.

– Diz pro Tom que ele pode ficar com você. Vou aproveitar e tirar um tempo pra mim.

– Combinado. Olha, se precisar conversar, estou aqui. Pode me ligar.

– Obrigada.

– Penso muito em você.

– Um beijo, Seb. Diz pro Tom que eu amo ele.

Desligo. Atrás da cortina da cozinha, vejo os rostos dos meus pais quase colados na janela. Volto para o meu posto à frente da tábua de cortar.

– Está tudo bem? – minha mãe pergunta.

– Sim. Pode contar com mais uma pro jantar de amanhã, vou ficar.

LOU

Quando acordo, não sei onde estou. Alguém bate na porta, gritando: "De pé, são oito horas!". Demoro alguns segundos para reconectar meu cérebro à realidade. Não consigo abrir os olhos direito. Não sei o que me deram ontem à noite, mas o negócio é forte. Dormi como uma pedra.

Me arrasto até o banheiro para tomar um banho. Meu cabelo está todo armado e não me deixam usar a chapinha. Prendo tudo num coque no topo da cabeça. Minhas sobrancelhas estão um desastre, faz tempo que não tiro. Uma espinha nasceu bem no meio da minha testa. Só faltam as hemorroidas pro meu corpo ficar tão ferrado quanto a minha alma.

Encontro todo mundo no celeiro. Estão todos reunidos perto da enfermaria, pelo visto é a hora da distribuição dos remédios. Vin Gasolina me lembra que tenho consulta com a doutora Poirier em uma hora. Não sei por quê, mas fico aliviada só de pensar em vê-la. Na sala de convivência, três garotos tomam café da manhã juntos, e a menina do cabelo rosa está sozinha numa mesa. Ela continua com os fones de ouvido. Coloco minha bandeja ao lado da dela.

– Posso sentar aqui?

Ela faz que sim com a cabeça e volta a mergulhar em seus próprios pensamentos. Marguerite se senta à nossa mesa:

– E aí, Lou, dormiu bem?

– Sim, e você?

Ela não responde, apenas aponta para a menina do cabelo rosa com a cabeça:

– A Kim gosta de ficar sozinha. Ela quase não fala. Melhor deixar ela quieta.

– Tá bom.

– Ela se corta nas coxas. Alguém viu, mas não vou dizer quem. Eu também faço isso às vezes, olha só minhas cicatrizes.

Ela estica o braço bem na minha cara. Perco a fome.

– Mas tô tentando parar. Por minha filha. Eu te falei que tenho uma filha? O nome dela é Rose, ela tem dezoito meses. O pai tá cuidando dela enquanto eu me trato. Você devia pegar um brioche, parece uma delícia.

– E por que você não pega um? – pergunta o Vin Gasolina, que está passando atrás da gente.

Marguerite toma um gole de café e responde:

– Eu nunca como de manhã.

– Você também não come no almoço e no jantar! Vai ter que ganhar peso se quiser evitar uma hospitalização.

– Tá bom, parem de me encher o saco.

Ela se levanta e sai do celeiro. A menina do cabelo rosa aproveita e vai embora também. Sofiane, o palhaço do grupo, toma o lugar dela. Ele gira nos calcanhares antes de se sentar na minha mesa. O cara faz umas coisas estranhas.

– Não liga pra ela. Ela fala alto mas é gente boa.

Não respondo, mas não estou nem aí. Não estou nem aí se Marguerite é legal ou chata, não vim aqui para fazer amigos. Na verdade, preferia que ninguém me dirigisse a palavra. Todos esses rostos, todas essas palavras, me oprimem. Entendo perfeitamente a menina do cabelo rosa. Eu também só quero que me deixem em paz, que me esqueçam.

Sofiane pegou sucrilhos de chocolate e começa a alinhar um por um em cima da bandeja. É demais para mim. Isto aqui é um verdadeiro circo de horrores.

A doutora Poirier mudou. Está usando uma barba ruiva e tem uma calvície que tenta esconder com os três fios de cabelo restantes.

– Desculpa, acho que errei o horário.

– Não, eu estava esperando você. Minha colega teve um imprevisto. Sou o doutor Fromentin, um dos fundadores do Jovens Águias. Você é a senhorita Lou Mercier?

– Sim.

A consulta dura doze minutos, contando as longas pausas de silêncio. Ele me pergunta como me sinto, os motivos da minha temporada no centro, e me receita antidepressivos a serem tomados diariamente e ansiolíticos em caso de necessidade.

Quando saio, Marguerite pula em cima de mim. Ela parece mais bem-humorada que no café da manhã:

– E aí, o que ele te receitou?

Dou os nomes dos remédios e ela assovia:

– Caramba, que sorte! Escapou dos neurolépticos, que, vou te contar, são uma desgraça. A gente reconhece quem toma, parecem zumbis.

– Eu achei que não ia tomar nada.

– É obrigatório. Faz dois meses que estou aqui e nunca vi ninguém ficar sem. Meu namorado diz que é perigoso, que é muito fácil dopar a gente. Ele fala muita bobagem, mas às vezes a gente precisa de alguém. E você, veio por quê?

Abro um sorriso involuntário:

– Boa tentativa. A gente não pode falar sobre isso.

– Ninguém tá ouvindo. E não conto nada pra ninguém, juro de pés juntos, palavra de escoteira. Sou um túmulo. Eles têm medo de que a gente se puxe pra baixo ao falar sobre essas coisas. Mas sejamos sinceras: a gente já tá no fundo. Cavando mais um pouco a gente encontra petróleo.

Ela não está errada. Falo em poucas palavras de meus pensamentos sombrios, do vazio dentro de mim e dos ataques de pânico. É a primeira vez que falo sobre isso com tanta naturalidade. O rosto dela se ilumina:

– Ah, ataque de pânico é osso! A Beyoncé também tem, por causa do babaca que postou uma foto da xana dela na internet.

Nunca vi um túmulo falar tanto.

DIANE

Eu precisava de roupas. Minha mãe gentilmente me ofereceu algumas, mas prefiro andar nua a usar as roupas dela. Ela tem um fascínio imoderado por tudo que brilha. Não possui uma única peça que não seja enfeitada com lantejoulas, paetês, strass ou outras coisas brilhosas. É fã de rosa, estampa de oncinha e padrões proibidos a epilépticos. Enfiei meu jeans e fui até o supermercado, que fica a dez minutos de distância. Ele não existia na minha época. Na minha época. Olha eu falando igual à minha mãe.

Uma saia, uma calça leve, duas blusas e três calcinhas modeladoras depois, faço uma parada no centro do vilarejo. Sem motivo, só por curiosidade.

A praça parece menor do que antes. A cabine telefônica desapareceu. Ela foi palco de uma das maiores besteiras que fiz na vida. Eu tinha 12 anos. Meus pais tinham me deixado sair para dar uma volta com meus amigos. Eu estava com minha melhor amiga Lulu, meu melhor amigo Alexandre, e com Céline, que tinha se mudado pro vilarejo no ano anterior. Tínhamos algumas moedas e compramos chicletes que davam direito a outro grátis se você encontrasse um verde. Todos eram rosa. Céline lançou uma ideia. Por causa do irmão mais velho, ela conhecia as melhores pegadinhas. Ouvimos ela explicar o plano, meio horrorizados, meio empolgados, e nos trancamos na cabine telefônica. Ela jurou: o número 18 era gratuito, não precisava de moeda. Um bombeiro atendeu. Céline disse que tinha caído, que não conseguia mais caminhar. Que provavelmente tinha quebrado a perna. Ela tentou gritar para parecer convincente. A gente se contorcia tentando segurar o riso. Eles mandaram um caminhão. Pequeno, mas ainda assim um caminhão. Assistimos à cena escondidos atrás da fachada da tabacaria. Os bombeiros deram a volta na praça enquanto ríamos baixinho. Foram embora poucos minutos depois. No dia seguinte, a dona da padaria nos dedurou pros nossos pais, e todos recebemos castigos mais ou menos severos. O pai de Céline quase quebrou a perna dela de verdade. Na hora, não entendi o alcance do que tínhamos feito. Foi minha mãe, com seu senso de proporção, que me ajudou a entender. Ainda lembro dela repetindo que, por nossa culpa, talvez alguém tivesse morrido por não ter sido atendido a tempo. Depois dessa experiência, voltamos pro básico: tocar a campainha de alguém e sair correndo.

– Diane?

Me viro. Uma loira baixinha me encara com insistência.

– Diane, é você?

Um pedaço do meu passado está de pé na minha frente.

– Céline?

Ela me abraça:

– Puxa vida! Que alegria te encontrar!

Fico paralisada, mas ela parece não notar.

– O que está fazendo aqui? Que doideira cruzar com você! Não acredito!

– Estou fazendo uma visitinha aos meus pais. E você?

Ela solta uma gargalhada:

– Ah, eu ainda moro aqui! Voltei depois de me formar e nunca mais saí. Ai, que pena, estou com pressa agora, mas morrendo de vontade de colocar o papo em dia! Vai ficar até quando?

– Não sei bem. Amanhã ou depois.

Ela começa a se afastar, ainda falando comigo:

– Perfeito! Vamos dar um jeito de nos ver! Estou muito feliz! Beijos, beijos, até loguinho!

Fico ali plantada, tentando me recompor. Entro na padaria, que mudou de dono e de decoração, peço de tudo, menos o pão que tinha a intenção de comprar, e volto para a casa dos meus pais com uma única coisa em mente: abrir o caderno.

14 DE JANEIRO DE 1996

A enfermeira do colégio me disse que seria bom eu manter um diário. Eu gostaria de ter um com cadeado, mas não quero levantar suspeitas na mamãe pedindo que ela compre, então peguei um caderno de rascunho verde. Se eu não souber o que escrever, ao menos posso revisar a tabuada. Vou encontrar um bom esconderijo pra ele.

Não sei o que contar. A enfermeira não me explicou mais nada. Imagino que eu deva falar das coisas que não andam bem.

Fui à enfermaria porque tive um ataque de pânico. Não foi a primeira vez, começou no ano passado. Foi numa quarta-feira, depois de fumar um baseado com meus amigos. Não entendi o que estava acontecendo comigo, senti tremores no peito, a cabeça parecia estar dentro de um pesadelo, tudo girava ao meu redor. Tive certeza de que estava vivendo meus últimos momentos. Meu namorado e minha melhor amiga me levaram pra casa, e eu liguei pra minha mãe. Ela chamou os bombeiros e foi correndo pegar o carro pra voltar pra casa. Os bombeiros chegaram pouco depois dela. Claro que não falei nada do baseado. A preocupação da minha mãe só fez aumentar a minha. Tiveram que me dar uma injeção pra me acalmar. Nas semanas seguintes, passei por todos os exames médicos possíveis: tomografia cerebral, teste de esforço, ecocardiograma, exame de sangue, análise de urina, meu corpo foi o monumento francês mais visitado do ano. Decidi dizer à minha mãe que tinha passado. Ela quis tanto acreditar que conseguiu.

Na verdade, está cada vez pior.

Sempre que sinto uma tontura ou algo diferente no corpo, acho que vai acontecer de novo. Minha cabeça está estranha, tenho a sensação de que nada é real. Chamam isso de despersonalização. Foi o que a enfermeira do colégio me disse. Ela também disse que isso não deveria acontecer de novo, já que nunca mais fumei, mas tenho medo. Foi horrível. Cada vez que penso nisso, outro ataque de pânico se desencadeia. Fico sem ar, ouço meu coração batendo rápido demais, tremo, suo. Só de escrever, já está começando. Então vou parar por aqui. Nunca tive um ataque em casa, é o único lugar onde me sinto segura.

LOU

É a hora dos telefones. Pego o meu como se fosse um tesouro e me tranco no quarto. Tem uma mensagem da minha mãe:

"Oi, filhota, espero que seu primeiro dia tenha corrido bem. Estou pensando muito em você. Se precisar conversar, não hesite. Estou sempre aqui. Te amo até Netuno, ida e volta."

Várias mensagens da Melha e da Anaïs contando fofocas. Sinto vontade de chorar.

Pra pensar em outra coisa, abro o TikTok. Sei que é uma péssima ideia, geralmente fecho o aplicativo ainda mais deprimida do que antes. As meninas são todas supersaradas, dançam bem, sabem se maquiar, têm cabelos incríveis e roupas sensacionais. Tenho certeza de que não passam três horas alisando os cachos e escondendo as espinhas e os peitos para chegar num resultado lamentável. Eu, mesmo com filtro, pareço o chão do banheiro.

O sinal é horrível, os vídeos travam.

Abro a janela, sem sinal.

Estico o braço para fora, sem sinal.

Sou obrigada a descer. Beyoncé está sentada no lugar em que a vi da primeira vez, debaixo da árvore, lendo.

– Tem sinal aí?

Ela levanta a cabeça na minha direção:

– Tem que ir atrás do celeiro, na colina que fica no fim da trilha. O sinal só pega lá.

– Tá lendo o quê?

– O último vencedor do Goncourt. Já leu? É incrível.

– Não. Até depois!

Dou a volta no celeiro e sigo a trilha até a colina. Vozes me indicam que cheguei ao lugar certo. Vejo umas dez pessoas com o celular na mão. Marguerite está sentada numa pedra. Ela acena pra mim:

– Vem cá!

Eu gostaria de ignorar seu chamado, a garota é invasiva demais, mas não quero magoá-la. Ela enfia a tela do celular na minha cara:

– Essa é a minha Rose. Linda, né?

Na foto, uma menininha de vestido branco sorri nos braços de uma loira.

– É no aniversário de 1 ano dela. Lá se vão quase seis meses, passa tão rápido! Não acha que ela se parece comigo? Nessa foto, é impressionante. Olha os nossos olhos, são iguais!

Ela desliza o dedo do rosto da mulher loira para o da menina, e percebo que a loira da foto é ela. Marguerite. Irreconhecível. Ela não está gorda, mas seu rosto está mais cheio, ela não tem as bochechas encovadas nem os braços esqueléticos de agora. Até os olhos parecem diferentes, menos fundos.

– Não se engane com esse rostinho de anjo, nem te conto as coisas que ela apronta!

Ela passa dezenas de fotos, todas da filha.

– Sabe por que escolhi o nome Rose?

– Não faço ideia.

Me arrependo de responder de maneira tão seca, mas o tempo tá passando e assim não vou conseguir ver nada no TikTok.

– Era assim que se chamava a única mulher que foi realmente gentil comigo. Uma educadora do meu segundo abrigo. Uma só, acredita? Todas as outras eram umas vacas. Jurei que, se um dia tivesse uma filha, daria o nome dela. E ainda por cima é o nome de uma flor, como o meu.

As fotos continuam passando, passando, ela continua falando, falando.

– Todo mundo acha que foi um acidente, porque eu tinha 15 anos quando engravidei. Mas não foi nada disso, a gente queria mesmo! Tô com o Léo desde os 13 anos. A gente mora com os pais dele, eles são meio chatos, principalmente a mãe dele, mas é melhor que nada. E você, quer ter filhos?

Sofiane vem mostrar um vídeo a Marguerite e eu aproveito para sair de fininho. Encontro um toco de árvore um pouco mais afastado, abro o TikTok e, logo nos primeiros segundos, esqueço de todo o resto.

DIANE

Enquanto espero a chegada do meu irmão, verifico compulsivamente minhas mensagens para ver se Lou respondeu. Ela leu a minha de ontem à tarde. Segui o conselho do enfermeiro: devo evitar ligar para ela. É difícil não saber como ela está. Quando pequena, ela verbalizava tudo o que passava por sua cabecinha. Falava o tempo todo, com a gente, com os brinquedos, consigo mesma. Era cansativo. Quantas vezes sonhei com o silêncio, desejei que ela se calasse? Hoje sinto falta daquela época, daquela porta aberta para os seus pensamentos.

Achamos que conhecemos nossos filhos melhor do que eles próprios. Antecipamos reações, adivinhamos comportamentos. Sabemos que o cansaço os deixa irritados, que eles não vão gostar de determinada comida, que preferem banho de banheira ao de chuveiro, batata frita a espinafre. O jardim secreto deles está a céu aberto. Pouco a pouco, eles calam, escondem, reprimem. E se afastam.

Adorei os primeiros anos: a entrega, a confiança e o amor incondicional que eles nos dedicam. Vivi cada nova etapa como um luto, mas aceitei as regras do jogo. Achei que eram justas, até. Só podemos crescer nos tornando nós mesmos, erguendo muros em torno dos nossos segredos. Aceitei quando ela passou a me contar menos sobre seus dias. Não fiz perguntas quando percebi que queria guardar as respostas para si. Mas pensei que continuaria a me contar o essencial. Que eu continuaria sendo aquela a quem recorreria quando os tormentos se tornassem pesados demais.

Me pergunto se ela está dormindo bem. Se está se sentindo sozinha. Se tem chorado. Se está se alimentando. Se está ansiosa. Se as pessoas estão sendo gentis com ela. Se ela fez amigos. Se não está com muito calor. Se quer voltar e não tem coragem de dizer. Se está arrependida. Se ainda há chance de os padrões não se repetirem.

– Ah! Seu irmão chegou!

Minha mãe nunca perderia sua chegada, estava colada à janela fazia uma hora. Mathieu, Élisa e os gêmeos entram e se submetem aos beijos obrigatórios, e nos instalamos no jardim. Meu irmão e eu moramos perto e nos vemos tanto quanto a correria da vida nos permite. Enquanto meu pai acende a churrasqueira, minha mãe nos observa com um sorriso maravilhado, quase assustador.

– É tão bom ter vocês dois aqui.

Mathieu levanta as sobrancelhas para mim. Sabemos que a coisa não vai parar por aí, e ela logo nos dá razão:

– Agora que você reencontrou o caminho de casa – ela diz, me servindo uma taça de vinho para ajudar a engolir sua insistência –, podemos organizar muitos almoços aqui. Estou no céu!

Esvazio a taça antes de responder:

– A gente almoça junto com frequência, mãe. Aqui ou na minha casa, não muda muita coisa.

– Para você, talvez. Mas uma mãe gosta de ter seus filhotes no ninho.

Risos abafados do meu pai e do meu irmão. Magnânima, minha cunhada tenta mudar de assunto:

– Vocês plantaram roseiras novas, não foi?

Minha mãe finge surdez, mas infelizmente não finge amnésia. Ela se agarra à sua ideia e não a solta até provar o seu ponto:

– Que alegria saber que você pode vir à minha festa de 70 anos! Não falei antes pra você não se sentir culpada, mas eu estava muito triste com sua ausência.

– É verdade que você não foi nada insistente.

– Reclama, vai. Talvez vocês preferissem uma mãe que não se importasse. Ou que estivesse morta, quem sabe.

– Por que esse "vocês"? – pergunta meu irmão – Eu nem abri a boca e já me dei mal!

Minha mãe revira os olhos:

– Como vocês são sensíveis! Não sei o que fiz pra merecer isso. Mas vamos ver o lado bom das coisas: Diane vem pro meu aniversário! Ouviu, Jean-Jacques? Acrescente quatro pessoas à lista de convidados. Espero que o bolo em camadas seja suficiente. Bom, minha irmã vai cancelar na última hora, como sempre, então vai ficar elas por elas. Que tal um brinde?

O dia insiste em não acabar. Julho é meu mês preferido desde que virei profissional de apoio escolar. Ele marca o início das grandes férias de verão, a promessa de dias de descanso com meus filhos, noites longas, o relógio esquecido em um canto. Espero o ano todo por essa época. Em agosto, o sol começa a cansar, o céu se enche de tempestades, as crianças também – o mais novo começa a roubar coisas do quarto da irmã, que reage aos berros, e tudo o que eu quero então é que as aulas comecem para eu voltar a contar os dias até as próximas férias em família.

Comi demais. Minha mãe acha que alimentar é um ato de amor, e ela nos ama muito, muito mesmo. Meu estômago recusou a torta de morango, e ela viu isso como uma afronta pessoal. Nem grávida de nove meses senti meus órgãos tão comprimidos. Meu irmão parece estar no mesmo estado. Estamos estatelados nas nossas cadeiras como duas focas em cima de uma pedra. Minha mãe mostra as novidades de seus canteiros para Élisa, meu pai limpa a churrasqueira, e os gêmeos entram, oficialmente para fugir dos mosquitos, extraoficialmente para jogar videogame em paz. Meu irmão massageia a barriga:

– Não achei que te veria aqui de novo, maninha. Eles ficaram felizes, que bom.

– Também não achei.

– Entendo. Depois do que aconteceu.

– ...

– Vai passar no moinho?

– Acho que não. Não vamos exagerar. De qualquer forma, vou embora amanhã cedo. Quero almoçar com o Tom.

Ele acende um cigarro e dá uma longa tragada.

– Diane, você sabe que estou cem por cento do seu lado nessa história. Mas não acha que o Tom está melhor com o pai?

– Como assim?

– Ele está se divertindo com os primos, você mesma disse. Está aproveitando as férias. Não estou dizendo que seria pior com você, mas digamos que já te vi melhor.

– Que amável.

– Ah, para com isso, você sabe o que eu quis dizer. Você é uma mãe incrível. Menos quando deixa o bebê cair no chão porque viu uma aranha na cabeça dele.

Ele espera um sorriso que não vem, então pousa a mão sobre a minha:

– Até você se beneficiaria de um tempo sozinha. Esses momentos são importantes. É muita coisa de uma vez, a crise do Seb, os problemas da Lou.

– Os problemas da Lou? Que problemas?

Foi minha mãe que exclamou. Mathieu tomou o cuidado de falar em voz baixa, mas ela tem ouvidos de radar. Largou as hortênsias e chegou num segundo.

– Por que não me contou? Onde está a Lou? Ela está doente?

– Desculpa – diz meu irmão. – Mãe, não é nada grave, não se preocupe.

Meu pai se aproxima, e seu olhar preocupado me convence a dizer a verdade. Falo dos ataques de pânico, dos pensamentos sombrios e das pesquisas na internet. Ao contrário do que eu temia, minha mãe permanece impassível. Coisa rara, ela espera em silêncio até eu terminar de falar e, com todos os olhos voltados para ela à espera de uma reação, ela respira fundo e me abraça.

13 DE FEVEREIRO DE 1996

Os monstros ganharam terreno. Eles descobriram onde moro e não tenho mais paz em lugar nenhum. Tudo me assusta, tenho a sensação de viver num mundo paralelo. Tenho medo da noite, do silêncio, do barulho, de engasgar comendo, de vomitar, de desmaiar, de não acordar, de acordar. De ter outra despersonalização. Toda vez que tenho um ataque de pânico, minha cabeça fica estranha e penso que vai acontecer de novo. E quanto mais penso, mais crises tenho. É um círculo vicioso, nunca vai parar.

Faltei de novo na escola. Já é a terceira vez este mês. Intercepto as cartas da direção pros meus pais não ficarem sabendo. Meu irmão sabe, mas me acoberta. É uma troca: se ele me entrega, eu conto dos baseados.

Minha melhor amiga copia as aulas pra mim com papel carbono. Meu namorado vem me ver todas as noites. Ele estuda em outro colégio, mas mora aqui perto. Só com eles não me sinto julgada. Eles realmente me entendem. Ainda bem que estão por perto. Especialmente ele. Já vai fazer um ano que estamos juntos. Antes, ele era meu melhor amigo. A gente se conhece desde o primeiro ano. Uma noite, simplesmente ficou óbvio, mesmo que nunca tivéssemos pensado nisso. Estou escrevendo aqui pra que, quando a gente reler tudo juntos, aos 40 anos, isso nos faça sorrir.

Ah, pronto, meus pais estão brigando de novo. É só o que fazem ultimamente. Sempre por causa de dinheiro. Outro dia, bem no meio do jantar, meu pai rasgou o talão de cheques e o cartão do banco porque minha mãe comprou uns doces na confeitaria. Ele diz que ela é muito mão aberta. Que iogurte é suficiente, que bolo é só pra aniversário. Que a gente já tem dívidas e vai acabar na rua. Ela chorou, depois ele a abraçou.

Daqui a pouco faço 17 anos. Assim que der, vou trabalhar pra ajudar. Azar dos estudos. De qualquer forma, faltando tanto, nem vou conseguir passar no bac.

LOU

Que tédio. Raras vezes me senti tão entediada na vida. Não tem nada para fazer aqui, a gente fica andando entre a sala de convivência e o jardim, dorme, come e pronto. Pessoalmente, não chamo isso viver. Ouço os outros falando de atividades, mas por enquanto, além da oficina de culinária sem facas, não vi mais nada.

Não sei como as pessoas faziam antigamente para viver sem celular. Nem consigo imaginar como devia ser um tédio nas salas de espera, no ônibus, no banheiro. É horrível. E ainda fico com medo de perder alguma coisa importante. Tipo, se a Lisa, minha influenciadora favorita, voltar com o Marlon e eu não ficar sabendo, que vacilo! Preciso pedir pras meninas me mandarem um resumo todos os dias, assim não fico por fora. Aliás, isso me lembra que preciso responder pra minha mãe. A coitada deve estar preocupada. Ontem eu simplesmente esqueci, com essa história de sinal ruim e os milhões de fotos da filha da Marguerite.

Espero não cruzar com ela de novo. Ela é legal, mas sinceramente, deixa a gente tonta. Uma vez tive um zumbido forte no ouvido depois da natação – e foi mil vezes mais fácil de lidar. Ela já acorda rindo, não é humano. Encontrei um lugar mais isolado, é só passar para o outro lado da mureta, tomando cuidado pra não escorregar, porque depois o barranco é bem íngreme. Tem um pedacinho de grama na sombra de um pinheiro enorme. Me deito e fico esperando o tempo passar.

Tentei ler os livros que Melha me deu, mas não consigo. Leio cem vezes a mesma página, as palavras não fazem sentido. Tentei escrever no meu caderno, mas me sinto idiota diante das folhas em branco, não sei o que dizer. Queria ouvir música, mas sem o celular não dá. Até pediria para minha mãe me comprar um tocador e um fone sem fio, igual ao da garota do cabelo rosa, mas seria caro demais.

Espero que as coisas tenham se resolvido com Seb. Senão ela vai ficar muito infeliz, e Tom mais ainda. Não lembro direito do divórcio dos meus pais, eu tinha 5 anos, mas quando vejo que meu pai nunca superou, não quero que isso se repita.

Ouço uns estalos atrás de mim. Vejo pernas se aproximando. Quatro. Se cada par formar um indivíduo, então são dois. Que parecem surpresos de me ver. Sofiane está com um moleque com quem nunca falei. Ele parece muito jovem, quase uma criança. O moleque pergunta:

– Se importa se a gente ficar aqui?

Balanço a cabeça dizendo que não, mas por dentro digo que sim. Eles se sentam um pouco mais afastados e o garoto acende um cigarro.

– Não é proibido?

Não sei por que perguntei. Primeiro, a resposta não me interessa. Segundo, não estou a fim de conversar. Ele responde, irritado:

– Que diferença faz pra você? É da polícia, por acaso?

Sofiane cai na risada:

– Pega leve, mano! Tá na cara que ela só perguntou pra puxar assunto. Tá muito nervosinho, na moral.

– Foi mal. Pergunta meio estranha, na real. Sim, a gente pode fumar aqui. Os enfermeiros guardam os maços, é só pedir quando quiser fumar um. O meu estoque tá quase acabando, preciso falar pra minha mãe me mandar mais.

Sofiane se levanta e começa a fazer uma dancinha:

– Eu não preciso de mais nada, porque vou embora segunda!

– Maravilha, mano.

– Já tô aqui faz dez dias, saca? É muito. E ainda não entendi por que vim pra cá. Acho que meus pais queriam se livrar de mim e meu corpo não cabia no congelador.

Não consigo deixar de soltar uma risadinha. Ele se anima. Dá pra ver que seu objetivo de vida é fazer os outros rirem. Ele não para quieto, gesticula muito quando fala, faz umas caretas engraçadas com a boca e os olhos. Até efeitos sonoros ele faz.

– A gente não tá aqui por acaso – diz o moleque.

Sofiane balança a cabeça:

– Fale por você. Meus pais não me deram escolha, era isso ou ficar sem videogame o verão inteiro. Não seria tão ruim assim, minha casa tem piscina com tobogã e tirolesa, mas não é a mesma coisa que um videogame. Enfim, até o psicólogo disse que eu não tenho nada pra fazer aqui, por isso tô caindo fora na segunda-feira.

– Tá bem, mano.

De repente, Sofiane sai correndo, gritando:

– Preciso de um banheiro, o urso vai sair da toca!

O moleque apaga o cigarro no copo d'água e balança a cabeça:

– Ele não vai sair na segunda.

– Sério?

– Ele diz isso desde que chegou, mas continua aqui.

Ele também se levanta e vai embora.

Fico sozinha, tentando impedir meus pensamentos de irem para recantos escuros. Na minha frente, as nuvens descem para os picos das montanhas. Elas também parecem estar fumando. Fora algumas vozes e o canto dos pássaros, o silêncio é total. Na minha casa, o barulho é constante. Se não é meu irmão, minha mãe ou meu padrasto, são os vizinhos, os carros, os aviões, os cachorros. O zum-zum abafava o da minha cabeça. Aqui, no silêncio e no tédio, meus pensamentos voam. Tudo se mistura, sem ordem, no maior caos. Tudo o que vi, ouvi ou senti se confunde numa massa informe: meu pai vivendo sozinho, pessoas fugindo dos bombardeios, crianças morrendo de fome, Seb deixando minha mãe, mulheres perdendo cada vez mais seus direitos, o idiota do Hugo. E então tudo se acelera, meu coração dispara de novo, a gente vai morrer um dia, o planeta em chamas, desastres naturais, doenças, abrigos lotados, tudo me afeta demais, não consigo evitar, não sei como os outros fazem. Não sei quem é mais normal – eu, que penso demais, ou os que conseguem viver sem se importar com essas coisas. No silêncio das montanhas, meu problema fica claro: ouço o barulho do mundo alto demais.

DIANE

– Alô, querido?

– Oi, mamãe.

– Como você está? Que bom falar com você.

– Tudo bem.

– Está se divertindo com seus primos?

– Sim.

– Vou pegar a estrada em breve, chego aí em duas horas. Fica prontinho?

– …

– Tom?

– Oi?

– Você me ouviu, querido?

– Sim… mas eu queria ficar mais um pouco. Está muito legal aqui com o papai, e hoje de tarde eles vão pra piscina! Por favor, mamãe! Por favooor, por favooor!

– Hm… vou ver, querido. Pode passar o telefone pro papai, por favor?

Ele passa o telefone pra Seb sem nem me dar tchau.

– Diane?

– Oi, tudo bem?

– Sim, e com você? Muito mexida de estar aí?

– Um pouco. Acho que o Tom quer ficar com você.

– Eu sei, ele já me falou isso várias vezes. Não é nada contra você, todas as noites na hora de dormir ele diz que sente sua falta.

– Eu sei. Fico feliz que ele esteja aproveitando bem as férias. Comigo seria um pouco menos animado.

– Arya também está aproveitando. Passa o tempo todo procurando o gato do meu irmão ou dormindo no sol.

– Parece um ótimo programa. E pra você, não tem problema? Você se incomoda em ficar com ele por mais alguns dias?

– Problema nenhum. Quase nem vejo ele durante o dia, está sempre grudado nos primos.

– Ok, então combinado.

– E você, o que vai fazer? Vai voltar pra casa ou ficar com seus pais?

– Não sei. Eu estava contando que pegaria o Tom, não pensei no resto direito. Vou ver.

– Ok. Me liga se precisar de alguma coisa.

– Obrigada. Dá um beijo no Tom por mim. Até mais.

– Espera! Queria te dizer… sinto tua falta.

Ele desliga antes que eu possa responder. Não pensei que ele ainda fosse capaz de fazer meu coração pular desse jeito.

Fico sentada na cama, olhando para a sacola de compras na qual enfiei todas as minhas coisas. Tirei os lençóis da cama e passei o aspirador – não considerei nenhuma opção que não envolvesse ir embora esta manhã. No entanto, minha mãe claramente quer me fazer ficar. Fui acordada pelo cheiro do café. Ela deixou uma bandeja em cima da minha cama e saiu em silêncio. Uma xícara fumegante, um suco de laranja e dois pãezinhos de uva-passa ainda quentes. Fiquei comovida ao imaginá-la correndo até a padaria para comprar meu café da manhã preferido. Ela não esqueceu, provavelmente marcada por todas as vezes que reclamou ao me ver comer só o miolo e deixar as bordas.

Como eu temia, abrir o caderno deu corpo às lembranças. Por meio do passado registrado em folhas quadriculadas, a jovem que fui sussurra seu sofrimento no meu ouvido. Cada frase reacende a dor, ainda intacta e à minha espera como um cachorro aguardando a volta do dono.

Vinte e oito anos depois, a história se repete com Lou. Se eu quiser ajudá-la, preciso enfrentar tudo aquilo que passei tanto tempo tentando esquecer.

22 DE FEVEREIRO DE 1996

Minha mãe interceptou uma carta do colégio. Ela não disse nada, colocou o envelope em cima da mesa da sala e ficou esperando que eu dissesse algo. Uma tortura. Só consegui me abrir no final da noite, quando meu pai já estava dormindo. Eu estava secando a louça enquanto ela lavava. Ela secou as mãos para me dar um tapa. Estou proibida de sair por uma semana.

Eu menti pra ela. Não quis explicar o motivo das minhas faltas. Ela não entenderia. Eu disse que não gostava mais de ir pro colégio, que não entendia nada, que era burra. Na verdade, tenho medo de ir. Um pouco depois do vilarejo, tem uma casa abandonada. Reza a lenda que pessoas foram massacradas lá dentro e que ela é mal-assombrada. Ano passado, minha melhor amiga e eu nos desafiamos a entrar. Quanto mais perto chegávamos, mais meu estômago doía. Tenho exatamente a mesma sensação quando vou pro colégio.

O problema é que minhas angústias invadem cada segundo de tédio. Quando minha mente está ocupada, elas me deixam em paz. Nas aulas, me entedio muito. Tive ataques de pânico em todas as salas de aula. Passo mais tempo na enfermaria do que ouvindo os professores.

Não posso contar isso pra minha mãe. Meu pai é mais de boa, ele até poderia entender. Mas ela não. Ela se preocupa muito além da conta. Uma vez, quando eu era pequena, ela me perdeu no supermercado. Eu tinha corrido pro setor de brinquedos enquanto ela escolhia tomates. Quando me encontrou, ralhou comigo antes de me abraçar. Foi a primeira ralhada de uma longa série, meu irmão e eu acabamos nos acostumando. Sempre que tem medo, ela grita, castiga ou dá um tapa, só depois faz carinho.

Prometi a ela que voltaria ao colégio todos os dias. Vou realmente tentar cumprir minha promessa. Preciso me ouvir menos, ter mais força. Tenho que controlar meus pensamentos. Parar de me sabotar. Preciso aprender a superar meus medos. Consegui fazer isso com cachorro, com tempestade, posso conseguir com algo que não existe. Preciso parar de ser minha pior inimiga.

LOU

O sinal toca, temos que nos reunir na frente do celeiro. Os enfermeiros nos informam que vamos nadar no riacho.

Alguns parecem muito felizes, outros suspiram.

– Preguiça de ir – diz um cara alto de cabeça raspada.

Uma enfermeira cujo nome não consigo lembrar responde:

– Está um calor infernal, vai nos fazer bem.

– Tragam ventiladores, então! – grita uma garota que só faz barraco.

– Vocês sabem que é proibido.

– A presença é obrigatória? – pergunta Marguerite. – A gente não pode se dividir em dois grupos?

– Não, não pode – responde outro enfermeiro. – Arrumem-se, saímos em dez minutos.

Vamos de micro-ônibus, estacionamos perto de uma ponte e seguimos por uma trilha bem íngreme. Sofiane cai, dá para ver que de propósito, mas eu rio porque sei que é isso que ele quer. Beyoncé também ri e pisca para mim.

Lá embaixo, grandes pedras cinzentas cobrem o chão e o rio. O Ébron. Imaginei que fosse maior, na verdade ele não tem muita água e é bastante estreito. As mochilas e toalhas são deixadas em qualquer lugar e a maioria vai direto pra água. Tem pouca sombra, e os melhores lugares são rapidamente ocupados. Encontro algumas árvores e me sento embaixo delas, no chão. Beyoncé se senta ao meu lado.

– Nossa, dói a bunda sentar aqui! Você se importa se eu roubar um pouco da sua sombra?

– Nem um pouco. Você não vai nadar?

– Não.

A enfermeira passa para ver todos que estão fora d'água e pede para ficarmos juntos, para facilitar a vigilância. Kim e Marguerite aparecem. Marguerite está diferente. Eu ainda não tinha visto nem ouvido ela, o que é quase preocupante.

– Está tudo bem? – pergunta Beyoncé.

– Mais ou menos. Mas não quero falar sobre isso.

– Ok.

Olhamos para os outros na água. Alguns brincam de fazer uma represa com pedras, outros de se deixar levar pela correnteza. Está tão quente que minhas costas estão encharcadas. Vejo gotículas de suor na testa de Marguerite, e Beyoncé se abana com o livro. Acho que sei por que elas ficam no sol escaldante em vez de se refrescar. Pelas mesmas razões que eu. Reconheço os complexados, somos da mesma tribo. Eu, de jeito nenhum que vou colocar um maiô na frente de todo mundo. Pra eles tirarem sarro do meu peito grande? Nem pensar.

De repente, Marguerite começa a chorar. Beyoncé procura algo na mochila e lhe estende um lenço:

– Quer conversar?

Ela assoa o nariz, balançando a cabeça:

– Não consegui engordar. Me pesei hoje de manhã e não mudei nada desde a semana passada. Eu tinha certeza de que tinha engordado, sinto minhas roupas apertadas.

– Vai acontecer – diz Beyoncé.

– Não sei. Sempre ouço essa voz na minha cabeça dizendo que pareço uma vaca de tão gorda, que não valho nada. Quando como, ela me insulta, então me forço a vomitar. Nunca vou ver minha filha de novo, nesse ritmo. Não quero acabar no hospital.

– Posso ajudar, se quiser.

É a primeira vez que ouço a garota do cabelo rosa falar. Até as outras duas parecem surpresas.

– Não vejo como – responde Marguerite.

– Já passei por isso. Tem que ir devagar, reintroduzir os alimentos aos poucos.

Ela faz uma pausa, como se estivesse falando demais, e continua:

– Dois anos atrás, eu pesava vinte quilos a menos. Não estou totalmente curada, mas agora sei que meu corpo, magro ou gordo, tem o mesmo valor, e que ser gorda não me diminuiu em nada. Segundo Poirier, esse é o caminho para a cura.

– Você tem toda razão – diz Beyoncé. – Meu sonho é engordar, mas por mais que eu coma, não ganho um grama. A gente devia se importar menos com a aparência. Por que ela é tão importante?

– Eu acho você muito gata! – diz Marguerite.

Beyoncé levanta a barra do jeans e mostra um pedaço de tecido:

– Sempre uso uma calça por baixo do jeans. Na escola, todo mundo me chamava de Cotonete. Bem, os mais legais. Os outros me chamavam de Kiriku.*

Marguerite faz uma cara indignada:

– Ei! Isso é super-racista!

– Sim... Eu não sabia me defender, sou lenta pra reagir, então eles aproveitavam. Não me deixavam em paz, era um inferno.

Ela começa a chorar. A garota do cabelo rosa coloca a mão em seu ombro direito, eu coloco a minha no esquerdo. Marguerite estende o lenço usado e conclui:

– São uns canalhas da pior espécie. Que se fodam.

---

* Kiriku é uma lenda africana que conta a história de um recém-nascido guerreiro que salvou toda uma aldeia de uma feiticeira e, em francês, seu nome pode ser usado de modo depreciativo. (N. T.)

O silêncio volta. Beyoncé junta uma pedra e nos mostra. Ela se divide em duas.

– Que doido, ela quebrou ao meio – diz Marguerite.

– É porque congelou e descongelou – explica Beyoncé.

– Como você sabe?

– Meu pai é guia de montanha, quando eu era pequena ele me levava bastante nas excursões. Tem um monte por aqui, vamos procurar mais.

Procuramos pedras rachadas por um tempo, encontro uma que parece um coração e penso que combina com o momento. O sol bate nas minhas costas, não aguento mais, vou acabar derretendo como uma vela. Tiro meus tênis e digo:

– Vou molhar os pés.

Beyoncé me oferece umas sandálias de plástico:

– Pode usar as minhas de plástico, as pedras machucam os pés.

Agradeço, mas prefiro a dor ao mau gosto, e caminho até o rio. No meio do caminho, já estou quase aceitando usar Crocs, de tanto que dói.

A água está gelada. Eu devia ter imaginado. Dobro a barra da calça e dou alguns passos. A água chega na metade da panturrilha. Sofiane me vê e vem correndo até mim. Grito para ele não me molhar, mas claro que ele dá um chute na minha direção. Sinto vontade de soltar um palavrão, mas a água atravessa minha roupa e a sensação de frescor me faz um bem incrível. Então eu digo:

– Nem pense em fazer isso de novo.

Em poucos segundos, estou encharcada. Sofiane está morrendo de rir. Minha camiseta gruda no peito, então me deito na água para me esconder. Inclino a cabeça para trás, mergulho os cabelos e fecho os olhos. Sinto a força do rio no meu corpo, a vida ao meu redor. Fico um bom tempo assim, em silêncio, a água fresca na pele e o sol nas pálpebras. Quando abro os olhos, Beyoncé, Marguerite e a garota do cabelo rosa estão deitadas na água de roupa e tudo.

DIANE

Arya me recebe enquanto estaciono o carro no jardim. Assim que abro a porta, ela pula em cima de mim e começa a lamber meu rosto. Esse é o único ponto em que não conseguimos educá-la. Desde que a adotamos, ela parou de roubar comida da mesa, de revirar o lixo, de pegar os sapatos para brincar, de roubar os casacos para se cobrir e de puxar a coleira com toda força, então eu posso muito bem deixar que me faça uma limpeza de pele.

Tom sai correndo de casa, seguido pelo primo e pela prima:

– Mamãe!

Ele pula no meu colo. Eu o abraço um pouco mais do que deveria; ele começa a se debater. O pai, a irmã e eu somos as três únicas pessoas autorizadas a tocá-lo, mas não podemos exagerar.

Ele responde brevemente às minhas perguntas: está se divertindo, comendo bem, gostou da piscina, está feliz de me ver, e então desaparece dentro de casa. Seb vem até mim. Não sei se devo beijá-lo ou apertar sua mão. Não faço nem uma coisa nem outra.

– É bom te ver – ele diz.

Decidi ficar na casa dos meus pais até a festa de aniversário, no próximo fim de semana. Todo mundo sai ganhando: Tom pode continuar aproveitando os primos, Seb pode continuar colocando as coisas em perspectiva, minha mãe pode continuar se achando minha mãe. Passei em casa para pegar algumas coisas e aproveitei para dar um beijo no meu filho – e, de quebra, no meu marido.

Ele acaricia minha bochecha:

– Quer beber algo antes de pegar a estrada?

– Não sei se quero ver todo mundo.

– Todo mundo quer te ver, pelo menos.

– Eles sabem? Sobre a gente? Você contou?

– Tive que explicar por que precisava do quarto de hóspedes. Se te conforta, eles disseram que eu sou um idiota. Carole até falou que, no seu lugar, teria me deixado.

– Sempre adorei minha cunhada.

– Está chateada comigo?

A resposta sai do fundo do peito:

– Claro que sim. Estou furiosa com você.

– Eu sei... Tenho pensado muito e...

– Ainda não terminei. Você me fez uma pergunta, deixa eu responder. Tenho a impressão de estar lidando com um estranho, seus sentimentos dominam tudo. Você nem sequer se perguntou como eu lidaria com seu afastamento. Quando nos conhecemos, descobri em você uma coisa essencial da qual sentia falta no pai da Lou: você era atento. Você me ouvia de verdade, eu gostava da atenção que você me dava. Pode parecer insignificante, mas conheci pouquíssimos homens com tanta empatia. Nas últimas semanas, descobri outro lado da sua personalidade, e preferia que isso não tivesse acontecido. Porque estragou a imagem que eu tinha de você.

Ele não desvia o olhar, vejo tristeza em seus olhos.

– Sinto muito...

– Eu entendo as dúvidas, os questionamentos. Mas poderíamos ter conversado. Você fugiu. Você me abandonou, e ainda por cima num péssimo momento.

– É verdade. Você tem razão.

Ele não sabe o que fazer com as mãos. Enfia as duas nos bolsos da calça:

– Eu também me preocupo com a Lou. Mando mensagens pra ela o tempo todo, sabe.

– Ela deve gostar.

– Ela não responde.

– Ela não pode usar muito o celular.

Ele fica em silêncio por um momento. Me agarro ao olhar que tanto amo, como no dia em que ele me prometeu que seria para sempre. Percebo que não se pode prever quanto tempo vai durar o amor. Do que ele depende? Da intensidade? Da sinceridade? Do cuidado? Não sei, e acharia muito bom poder saber de antemão se estamos mais para mariposa ou tartaruga terrestre.

– Eu não quero me separar, Diane. Essa pausa me fez bem, não tenho a menor dúvida disso.

– Seb... fico feliz que você esteja avançando e encontrando respostas. Realmente feliz. Eu também não quero me separar. Mas, no momento, Lou está ocupando toda a minha atenção. Se tudo bem pra você, a gente pode conversar na volta?

– Claro. Tá ótimo.

Ele me abraça e me beija na testa. Carole me chama de uma janela:

– Vem beber algo, Diane!

Fico para tomar um drinque. É estranho estar aqui nessas circunstâncias. Florian conta mais piadas que o normal, Carole ri alto demais, todo mundo finge estar descontraído, mas ninguém menciona o elefante na sala.

Eu me retiro na primeira oportunidade. Vou até o quarto do primo de Tom. Um colchão inflável foi colocado no chão para eles dormirem juntos. Logo acima, na parede, um pedaço de fita adesiva segura uma folha de caderno rabiscada. Reconheço a mensagem que Lou deixou para ele embaixo do travesseiro.

Sentados no chão, os dois meninos brincam com piões. Eles têm três meses de diferença, Carole e eu compartilhamos parte da gravidez.

– Estou indo, meu amor.

– Você não pode ficar?

Ele não se levanta, continua brincando.

– Não, mas volto logo.

– Tá bom.

– Você vem me dar um abraço?

Ele larga o brinquedo a contragosto e se aninha nos meus braços. Saio do quarto com o coração pesado. Onde foi parar o bebê que se agarrava nas minhas pernas quando eu o deixava na escola? Onde foi parar o filho que não conseguia dormir sem o ritual do livro e da canção de ninar, agarradinho na mamãe? O problema desse menino é que ele não sabe fingir. Ele fala absolutamente tudo o que passa na sua cabeça, sem se preocupar com a reação dos outros. Eu adoro essa sinceridade absoluta, ainda que às vezes ela seja difícil de lidar. Recentemente, ele disse para a professora que ela tinha o hálito da nossa cachorra (dei um belo presente de fim de ano para a sra. Duchemin). Desço as escadas. Gostaria que ele ao menos fingisse sofrer com minha partida. Que rolasse no chão, implorasse aos céus para ficar com a mãe. Que fizesse um drama, pelo amor de Deus! Pequeno ingrato.

Parece que fazemos filhos para prepará-los para a vida. Foi o que uma mãe me disse no primeiro dia de aula da Lou no sexto ano. Ela parecia sincera e realmente feliz com a ideia de que o filho se afastaria dela um pouco mais a cada dia. Esperava que, quando ele fosse maior de idade, morasse no exterior, aí sim ela teria cumprido seu dever de mãe. Havia uma grande poça no pátio. Senti vontade de empurrar ela lá dentro.

Sei que ela está certa. Que não temos filhos para nós mesmos, que vê-los crescer é uma felicidade, blá-blá-blá. Claro, faço o possível para não demonstrar minhas emoções. Mas sou incapaz de não as sentir.

A ausência dos meus filhos evidencia o quanto eles são essenciais. Eles são o motor de cada ação do meu dia a dia.

Só me sinto inteira quando eles estão comigo. A existência deles é meu espetáculo favorito. No dia em que nasceram, meu centro se deslocou. Vivo na periferia do umbigo deles. Então, se algum deles tiver a ideia absurda de morar no exterior, vou acompanhá-lo até o aeroporto, dar um adeus emocionado e, pouco antes da zona de embarque, denunciá-lo por posse de drogas.

Arya me acompanha até o carro. Por ela é que minha episiotomia teria valido a pena.

Seb também nos segue.

– Encontrou algum amigo de infância? – ele me pergunta enquanto abro a porta do carro.

– Cruzei com Céline.

– Aquela que aprontava muito?

– Sim. Foi estranho conversar com ela. Ela pareceu contente.

– Imagino, depois de tanto tempo.

– ...

– E Lulu? Foi visitá-la?

– Ainda não. Todos os dias me preparo para fazer isso, mas acabo desistindo. Não sei como vai ser. Mas enquanto eu não for vê-la, nada vai se resolver.

15 DE MARÇO DE 1996

Meu namorado veio dormir comigo. Eu tinha deixado a janela do quarto entreaberta, combinamos que ele viria à meia-noite para ter certeza de que meus pais estariam dormindo. Eles demoraram, estavam vendo um programa com Jean-Luc Delarue, achei que nunca iriam pra cama.

Eles adoram meu namorado, conhecem ele desde que somos pequenos, mas nunca aceitariam que a gente compartilhasse a mesma cama. Eu só precisava da presença dele. Depois da minha melhor amiga, ele é o único que entende minhas angústias. E mesmo assim, não conto tudo pra eles, porque é estranho demais. Às vezes, acho que sou louca. Ninguém pensa tanto quanto eu, ou esconde muito bem.

Não paro de me perguntar de onde podem vir todas essas angústias. Acho que se eu conseguir descobrir de onde elas vêm, vou poder fazer com que desapareçam. Mas quanto mais penso, mais tenho a impressão de que elas me acompanham desde sempre. Minha mãe me contou que, quando eu era bebê, não conseguia dormir sozinha. Eu chorava assim que ela saía do quarto. Depois, tive terrores noturnos e fazia xixi na cama. Tive medo de morrer muito cedo. Como na vez em que engoli uma bala, pulando corda no recreio. Eu devia estar no terceiro ano. O doce ficou preso na minha garganta. Atravessei o pátio gritando: "Vou morrer! Vou morrer!". Na mesma idade, quando meu pai chegava tarde do trabalho, eu imaginava o carro dele batido numa árvore. Até hoje é assim. Quando meu irmão dorme até tarde, eu o imagino morto na cama. Quando minha mãe reclama de cansaço, acho que ela está com câncer. Não tem nenhuma tragédia na nossa família e ainda tenho os quatro avós. A morte não paira ao meu redor, ela corre diretamente nas minhas veias. É uma merda. Eu queria tanto ter a cabeça oca, como um molusco.

Meu namorado veio pra minha cama, me abraçou. Eu me senti tão bem. Nunca fizemos amor, nem juntos nem com outra pessoa. Sei que ele está pronto, mas eu quero esperar mais um pouco. A gente troca carícias, mas nada abaixo da cintura. Tenho muita vergonha desde que olhei entre minhas pernas com um espelho. Fora de questão ele tocar naquela coisa.

Ele disse eu te amo. Eu não consigo dizer. Mesmo assim, eu amo ele como nunca amei ninguém, sei que ele é o amor da minha vida, mas não consigo dizer. É como se minha garganta segurasse as palavras. Nem para meus pais eu consigo dizer. A mesma coisa com elogios. Outro dia, minha melhor amiga disse que eu nunca elogio ninguém, e ela tem razão. Não era uma crítica, mas senti que isso a magoava. Ela sempre me elogia. Diz quando estou bem-vestida, bem penteada, quando acha que sou engraçada. Preciso trabalhar isso também. Se algum dia eu tiver filhos, quero poder enchê-los de elogios e declarações de amor.

No começo, tomamos muito cuidado para não fazer barulho, mas depois acabamos vacilando. Lembramos da vez em que ligamos pros bombeiros da cabine telefônica, da cara da Céline quando a dona da padaria nos dedurou, e rimos alto demais. Minha mãe apareceu e mandou ele embora.

Estou proibida de sair até segunda ordem. Eu deveria estar arrasada por não poder colocar o nariz pra fora, mas, na verdade, até gostei.

LOU

Na hora dos telefones, a gente vai pra colina ao fim da trilha. Sofiane é o primeiro a ligar o seu, e logo diz:

– Porra, galera! A Luna Gold foi presa!

– NÃOOO!

Marguerite grita, parece estar segurando as lágrimas. Todo mundo parece chocado, afinal é uma notícia bombástica. A maior desde o divórcio de Anthony e Carla Rose. Ah, tô passada. Não por ela estar na prisão, nem gosto dessa influenciadora, ela trata os seguidores como um bando de idiotas. Sei disso porque caí como um patinho. Com minha mesada, comprei um chá que supostamente me faria perder cinco quilos em uma semana, ela tinha postado uma foto do antes e depois, impressionante. A única coisa que perdi foram vinte e cinco contos e minha ingenuidade. Anaïs também caiu numa, muito pior: queimou o couro cabeludo com um shampoo que prometia acelerar o crescimento dos fios. Não foi a única, várias seguidoras reclamaram, mas Luna Gold nunca pediu desculpas. Enfim, ela está presa, e o que me incomoda é que vou perder tudo, já que não posso usar o celular. Tipo, se acontecer algo durante o dia, só vou saber à noite, depois de todo mundo. Sem as redes sociais, é como se eu vivesse em outra época.

Na colina, só se fala disso:

– Parece que ela ameaçou a Marla Queen de morte!

– Que loucura!

– É completamente insano! Dizem que ela pode pegar doze anos.

– Virou notícia até no exterior.

– Olhem! Tem uma foto dela sendo presa!

Isso ocupa toda a nossa hora, não consigo nem responder às mensagens que recebi. A enfermeira vem cortar o clima:

– Pronto, queridinhos! Hora de devolver os celulares aqui pra tia Chris!

Eu ainda não a conhecia, aparentemente ela estava de folga nos outros dias. Veio se apresentar esta manhã, quis conversar bastante, me fez várias perguntas, se interessou por mim, diferente do doutor Fromentin, que despacha as consultas em dez minutos. Prefiro a doutora Poirier, que é mais paciente, mas até agora só nos vimos uma vez. No fim da conversa, Chris me abraçou, e isso me fez chorar.

Todo mundo entrega o celular, menos o moleque, que está falando com alguém. Ela coloca a mão no ombro dele, gentilmente, mas ele se afasta.

– Barnabé, está na hora.

Ele afasta o celular do ouvido e diz:

– É meu pai, me dá cinco minutos.

– Não posso, querido. Mesma regra pra todo mundo.

Ela estende a mão, ele a repele e se afasta de novo.

Chris fica imóvel por um momento, parece pensar em desistir, mas insiste:

– Vamos, já chega. Você vai ligar pra ele amanhã.

– Pai, vou desligar. Sim. Tá bom. Tchau.

Ele desliga e joga o celular em cima da Chris. Ela consegue desviar a tempo de não levar o telefone na cabeça.

– Tá maluco? – ela diz.

Ele grita:

– Vai se foder, sua puta! Eu tava falando com meu pai! Quem você pensa que é? Não pode me impedir!

Ele sai correndo em direção à estrada e desaparece atrás dos pinheiros. Marguerite começa a chorar:

– Alguém tem que ir atrás dele! Ele vai ser comido pelos lobos!

Chris ri:

– Quantos anos você tem, Marguerite? Vai precisar de mais juízo se quiser ser uma boa mãe! Vamos! Todo mundo pro celeiro. Ele vai voltar, não se preocupem.

Duas horas depois, nenhuma notícia de Barnabé. Vin Gasolina, que saiu à sua procura, volta sozinho. Ouvimos o som de um carro no jardim e, segundos depois, o doutor Fromentin entra na sala de convivência:

– Vocês o acharam?

Vin Gasolina balança a cabeça.

– Precisamos avisar a polícia.

– Ele vai voltar – diz Chris. – Não é a primeira vez que ele surta. Ele é meio nervosinho, mas não dura muito.

Fromentin olha ao redor, como se percebesse que estamos ali, e faz sinal para os enfermeiros o seguirem até o escritório.

Vou com Sofiane e Kim ver se Barnabé não está no cantinho dos fumantes. Nada. Kim rói as unhas:

– Vocês acham que ele vai voltar?

– Relaxa – diz Sofiane. – Ele deve estar baixando a bola em algum lugar. Qualquer coisa, peço pro meu pai vir de helicóptero. Vamos achar ele rapidinho!

– Sofiane, não é hora de brincadeira – diz Kim.

– Mas não estou brincando! Meu pai tem mesmo um helicóptero, temos um heliponto no telhado de casa. Se você não acredita, posso te mostrar uma foto. Não é tão caro quanto parece.

Ela suspira e vai embora. Não sei por que, mas Sofiane me dá pena. Dá pra ver que ele tenta bancar o interessante. Eu deveria dizer pra ele que todo mundo percebe. Lembro do que minha mãe dizia pro Tom quando ele inventava histórias malucas depois da escola, então tento a mesma tática:

– Sabe, Sofiane, você não precisa mentir pra gente se interessar por você.

As sobrancelhas dele sobem até a testa, ele me olha com os olhos quase saindo pra fora, e cai na gargalhada:

– Você é doidinha, hein! Como assim, mentir? Acha que sou um mentiroso? Você é muito engraçada!

– Faço o que posso.

– Legal, você assume o meu lugar quando eu for embora! Tem que ter alguém pra fazer a galera rir, senão é só angústia. Vou sair na sexta, já te falei?

Não digo que isso deveria ter acontecido na segunda, finjo que é novidade. Ouvimos alguns gritos, então voltamos. Barnabé está na porta do ninho, com cara de poucos amigos. Os enfermeiros e o psiquiatra chegam ao mesmo tempo. Chris corre até ele e o abraça:

– Querido! Como você está? Algum machucado? A gente ficou com tanto medo!

Ela exagera um pouco.

– Onde você estava? – pergunta Fromentin.

– No meu quarto.

Vin Gasolina repete, como se não tivesse ouvido bem:

– No seu quarto?

– Pois é, mano. Dei uma volta e fui tirar uma soneca. Estava exausto.

Fromentin fica vermelho, parece uma maçã do amor.

– Você teve um comportamento violento com os funcionários, vamos ter que tomar algumas providências.

– Ele não quis me machucar! – intervém Chris.

– Você disse que ele atirou o celular em você – responde Fromentin.

– Não, ele deixou cair. Foi sem querer, deve ter escapado.

– É verdade! – diz Marguerite. – Ele fez um movimento e o celular voou.

– Eu vi a mesma coisa – acrescenta Sofiane.

– Eu também – eu digo.

Fromentin olha para cada um de nós:

– Não acredito, mas admiro a solidariedade do grupo. Barnabé, venha comigo, vamos conversar um pouco.

Eles vão juntos para o celeiro. Marguerite abraça Chris. Além de falante, ela é muito carinhosa.

– Puxa, Chris, obrigada! Sem você ele teria sido expulso. Você é mesmo a melhor!

– Nem me diga, meus colegas não fariam o mesmo. Vamos, estamos atrasados, venham tomar seus remédios.

Vamos atrás dela, como patinhos da mamãe pata, só que sem bico. Kim me lança um olhar estranho, acho que está pensando o mesmo que eu. Não confio nessa Chris, nem um pouco.

DIANE

Minha mãe pegou as fotos antigas. Uma pilha de álbuns com as páginas plastificadas grudadas umas nas outras de tanto terem sido folheadas. As fotografias mais antigas são quadradas, daquela cor sépia que evoca nostalgia. Conheço a maioria delas. Quando criança, gostava de mergulhar nessas fotos para sentir a fugacidade do tempo. Sentada com meus pais na varanda que meu pai nunca terminou, redescubro a semelhança do meu irmão recém-nascido com Charles de Gaulle, a evolução dos penteados da minha mãe, a regressão capilar do meu pai e meus looks improváveis.

– Na verdade, vocês não iam com a minha cara.

– Por que diz isso, minha querida? – espanta-se minha mãe.

Mostro a ela uma foto que deve ter sido tirada quando eu tinha 10 ou 11 anos.

– Que pai ou mãe atenciosos deixariam a filha sair de casa desse jeito?

Estou vestindo uma blusa de gola alta vermelha, uma saia de lã vermelha, meia-calça vermelha e um gorro vermelho. Minha mãe examina a foto com uma expressão satisfeita.

– Como eu gostava de te vestir! Você era tão fofa.

– Mãe, pareço um hidrante! Me pergunto como nenhum cachorro fez xixi em mim.

– Minha querida, não exagere. Você tinha o mesmo conjuntinho em roxo. Ficava igualmente adorável.

– Lembro bem. Traumas a gente nunca esquece.

Ela segue passando as páginas, para na época do fim do ensino fundamental e aponta para uma foto.

– Aqui sim você pode falar em trauma. Mas a culpa não é minha.

– Muito engraçado.

Eu estava no nono ano. Tinha o cabelo rebelde e a testa cheia de espinhas. Minhas sobrancelhas pareciam bigodes e eu usava aparelho nos dentes. Naquele ano, com essa pinta toda, tomei a atitude mais corajosa da minha vida: convidei Nicolas Barbot para sair. Estava chovendo, esperei ele montar na sua 103 SPX antes de falar, e ele respondeu: "Prefiro que a gente continue amigo". Nunca tínhamos sido.

Chegamos aos anos de ensino médio. Meu estilo se liberta do gosto da minha mãe, jeans rasgados substituem as saias de lã, as botas não sacm do meu pé nem no verão. Restam poucas páginas.

Meu aniversário de 16 anos. Convidei meus amigos para comemorar. Algumas fotos foram arrancadas, só restam duas. Na primeira, estou decorando a sala com Lulu, Céline e Alexandre. Estamos com os olhos vermelhos por causa do flash, e também com cara de felizes. Na segunda, estou dançando uma lenta com Alexandre. Lembro perfeitamente daquele momento. Meu irmão colocou a música no CD player: *Wind of Change*. Céline estava posando de apaixonada por Laure Gonthier. Lulu não queria colocar nem o pé na pista. Alex me viu sozinha e veio me convidar para dançar: "É seu aniversário, afinal". Apoiei a cabeça no ombro dele. Nenhum de nós dois imaginava tudo o que aquele ano nos reservava. Não sigo adiante, fecho o álbum e me levanto:

– Preciso dar uma volta.

– Está tudo bem? – pergunta minha mãe, preocupada. – Foi uma má ideia, pensei que com todo o tempo que passou... Quer que eu vá com você?

– Não, obrigada, mãe. Quero ficar um pouco sozinha.

É hora da sesta, o bairro dorme sob o calor sufocante. Até os cachorros estão quietos. Somente alguns lagartos atravessam a rua, tranquilos. Subo a rua das Hortênsias e sigo pelo beco dos Íris. Bem na ponta, sigo pelo caminho de pedras que atravessa o bosque e desemboca na rua das Centáureas. Ela é uma ladeira íngreme, adorávamos deslizar por ela com nossos trenós no inverno. O lugar oferece uma vista desimpedida das montanhas ao longe. Me pergunto o que Lou está fazendo nesse momento. Se ela está bem. Aqui, tão perto dos meus 16 anos, sinto uma conexão muito forte com ela. Vim desenterrar minha adolescência enquanto ela se afoga na dela.

Dou meia-volta, ainda não estou pronta.

27 DE MARÇO DE 1996

Simplesmente desmaiei. Sem mais nem menos, bem no meio da aula de Matemática. Estava muito entediada e comecei a sentir um calor agradável no corpo todo. De repente, paf, tudo ficou escuro. Digo paf porque foi o som que minha testa fez ao bater na mesa. Minha melhor amiga me contou. Na hora, ela não achou a menor graça, pensou que eu tivesse morrido, e eu tinha jurado que não morreria antes dela. Ela tinha jurado a mesma coisa pra mim, então, fatalmente, um dia uma de nós terá que mentir.

Ela estava aos prantos quando abri os olhos. A professora de Matemática estava em cima de mim e, preciso confessar, vista de baixo ela parece até mais legal.

A enfermeira me disse que teve que chamar meus pais. Minha mãe ficou desesperada, tem certeza de que tenho algo grave.

O doutor Perdrix é nosso médico de família desde sempre. Ele já era muito velho quando eu tinha 3 anos, então agora parece que passou do prazo de validade. Ele usa terno e gravata embaixo do jaleco branco, e fala: "Queira mostrar a língua, senhorita" ou "tussa, por obséquio, senhorita" num tom muito sério.

Minha mãe não tirou os olhos de mim durante toda a consulta. Dizem que os olhos da Mona Lisa sempre seguem quem olha pra ela. Eu acho que Mona Lisa na verdade era a mãe do Da Vinci num consultório médico. O doutor mal teve tempo de voltar à sua mesa e ela já começou a perguntar sobre o diagnóstico. Ele pediu que ela esperasse alguns minutos fora do consultório.

Ela ficou pálida e quis saber se eu estava condenada. Ele respondeu: "Queira ir para a sala de espera, por obséquio, senhora".

Quando ficamos a sós, ele me perguntou como eu estava me sentindo. Se havia coisas que eu não podia dizer na frente da minha mãe. Eu respondi a verdade, confio nele. Falei das minhas crises de ansiedade, das minhas despersonalizações. Disse que há semanas me sinto deprimida, sem vontade de nada. Ele perguntou se eu estava "naqueles dias". Eu respondi que sim, mesmo sem entender o que isso tinha a ver. Ele explicou que a adolescência é uma fase difícil, que é normal ter mudanças de humor. Chamou minha mãe de volta e me deu uma receita para um tratamento com magnésio.

No caminho de volta, ela me perguntou o que o médico tinha dito. Ela está com medo de que ele tenha errado, me falou do sobrinho de uma colega que morreu por causa de um erro médico. Para tranquilizá-la, garanti que o doutor estava certo, que era só por causa "daqueles dias". Mas eu sei que não é verdade. Não tem nada a ver com idade ou hormônios. Eu nunca vou melhorar. O verdadeiro problema é que não fui feita para a vida.

LOU

Voltei pro meu cantinho do outro lado da mureta. Venho pra cá sempre que posso. Barnabé está fumando com Sofiane e Kim. No sol, seu cabelo rosa parece quase branco. Ninguém fala, eles estão olhando para as montanhas. Barnabé anda muito mais calmo desde que perdeu o controle. Me sento um pouco mais longe. Aos meus pés, uma flor roxa brota da pedra, como um sinal de esperança.

Como não temos nada para fazer, também olho muito para a montanha e começo a achá-la bonita. Ela nunca é igual, como meu humor.

– Você sabe os nomes delas? – Barnabé me pergunta.

– De nenhuma.

Ele me explica que a da esquerda, com a cabeça achatada e verde, é Châtel. Parece que as pessoas também a chamam de Touca de Calvino, mas eu não perguntei por quê. No meio fica Obiou. Ela é imensa, no topo é só pedra. Ele me diz que as árvores não crescem a partir de uma certa altitude. Parece entender do assunto, mas pode ser que esteja falando bobagem. À direita, Grand Ferrand, e, por fim, a verdinha que parece um chapéu chinês é Ménil. De casa, vejo as montanhas de longe e de baixo. A gente não se dá conta de que são muito diferentes entre si e que até têm apelidos.

– Você é jovem pra saber tudo isso – Kim diz a Barnabé.

– Tenho 13 anos, mano! Achou que eu era criança?

– Eu não disse isso.

Ela fica vermelha. Sempre está com os fones no pescoço ou nas orelhas, e com um risco de delineador azul nas pálpebras. É verdade que ela não fala muito. Não sei por que, mas é com ela que mais me identifico. Talvez por ver nos olhos dela a mesma coisa que vejo no espelho.

– Quantos anos você tem? – Barnabé pergunta.

– Quase 15 – Kim responde.

– Legal! Quase 15 é 14, não faz muita diferença.

Ela sorri. Sofiane se levanta de repente e começa a rir:

– Mas fala sério! O que está acontecendo com vocês?

– Do que você tá falando, mano?

– Tá brincando? Parece até que estão apaixonados!

– Nada a ver – diz Barnabé.

Sofiane se vira para mim:

– Lou! Você não acha? Não dá pra ver a quilômetros de distância?

Kim fica sem graça, abaixa a cabeça. Barnabé dá risada, é o único que não percebeu nada. Eu respondo:

– Não vi nada. Acho que você devia largar o baseado, Sofiane.

Barnabé solta uma gargalhada:

– Caramba, a Lou não brinca em serviço!

Sofiane e Kim riem, eu também. Já faz quase uma semana que estou aqui e, pela primeira vez, me divirto com alguém. É estranho. O mesmo efeito da flor brotando da pedra.

Os meninos voltam pro celeiro, eu fico sozinha com Kim. Ela abre o caderninho que carrega para cima e para baixo e uma paleta de tinta e pincéis. Eu nunca tinha visto pincéis como esses, no lugar do cabo eles têm reservatórios de água. De onde estou, não consigo ver o que ela está pintando. Me deito e olho para as nuvens que flutuam.

– Obrigada por não me dedurar.

Viro a cabeça pra ela, que continua pintando.

– De nada. Imagina. Posso olhar?

Ela não responde. Me arrependo de ter perguntado, que idiota. Ela é a garota mais discreta do grupo e eu pergunto se posso entrar na intimidade dela.

– Sim.

Não tenho certeza se ouvi direito, mas segundos depois ela acrescenta:

– Pode.

Me sento ao lado dela. Ela está pintando uma fatia de pão com geleia.

– Foi o que comi no café da manhã. Gosto de anotar tudo o que como. Mas não só isso.

– Você pinta outras coisas?

– Sim. É tipo um diário.

Por transparência, vejo que a página anterior está coberta de redemoinhos pretos.

Ela mistura as tintas na tampa da caixa de metal, é muito talentosa. Em segundos, pinta uma laranja e uma xícara de café fumegante. É hipnotizante ouvir o barulho do pincel no papel, ver a cor se formar. O caderno está no colo dela e, de repente, vejo gotas vermelhas atravessando o tecido da calça. Ela percebe meu olhar e levanta o caderno pra esconder.

– Não é nada, não se preocupe.

– Foi você que se cortou?

Ela faz que sim com a cabeça.

– Não dói, pelo contrário. Alivia. Prefiro sentir dor no corpo do que na alma.

Ela olha para a direita, pro lugar onde eu estava sentada antes, e pinta uma flor roxa brotando da pedra.

DIANE

Acordei às dez horas. Não pensei que ainda fosse capaz de fazer isso. Quando Lou nasceu, meu corpo se adaptou à nova responsabilidade, o sono se tornou leve, interrompido ao menor gemido, e meu fuso horário mudou. Não sei se esta manhã preguiçosa se deve ao lugar em que estou, meu corpo retomando hábitos antigos como se fosse um colchão de espuma viscoelástica, ou à paz mental que essa estadia improvisada na casa dos meus pais vem me proporcionando. Tirando a preocupação com minha filha, minha atividade cerebral está de férias. Não preciso pensar na próxima refeição, nos itens da lista de compras, na programação do dia, no handebol de Tom e no basquete de Lou, no passeio da cachorra, na próxima ida ao veterinário, ao pediatra, ao cabeleireiro, nos presentes de aniversário, na janela com infiltração cujo conserto preciso cobrar do proprietário. Aqui, entre as paredes da minha infância, posso não pensar em nada. Esse vazio é quase vertiginoso.

Alguém toca a campainha enquanto me entrego a uma das minhas novas atividades preferidas: ficar de bobeira no sofá. Meus pais foram fazer compras. É engraçado notar que a passagem dos anos não diminuiu a necessidade que eles têm de fazer tudo juntos. Eles passam a maior parte do tempo um com o outro. As noites, as refeições, as atividades. Eles caminham de mãos dadas. Ainda se beijam. Já os peguei várias vezes boca contra boca, apesar dos cuidados que tomam para não impor essa visão do horror a seus castos filhos. Eles estão sempre conversando. Acho que isso é o que mais me impressiona. Depois de tantos anos, os assuntos não se esgotaram. Me arranco do sofá a contragosto e vou até a porta. Pelo olho mágico, vejo a parte de trás de uma cabeça, cabelos loiros cortados em estilo Chanel. Não preciso ver seu rosto para reconhecê-la. Céline. Hesito em abrir, mas ela se vira e, como se me visse, sorri. Abro a porta.

– Oi, Diane! Estou atrapalhando?

– Hmm… Não. Tudo bem?

Ela dá um passo à frente e me abraça.

– Você não sabe como estou feliz de te ver!

Minha adolescência ferve nas minhas veias, temo ficar sem ar. Me desgrudo dela suavemente.

– Obrigada, que gentil da sua parte.

– Tentei te ligar várias vezes quando você foi morar com sua tia, consegui o número com sua mãe, mas ninguém nunca atendia. Até deixei recados na secretária eletrônica.

Lembro perfeitamente. Minha tia me fazia ouvir antes de apagar. Os celulares estavam engatinhando, eu ainda não tinha um. Pude desaparecer, exatamente como queria.

– Não me lembro disso – respondo. – Faz tanto tempo. Talvez minha mãe tenha errado o número.

– Talvez. E você nunca teve conta no Facebook, né? Volta e meia eu te procurava, mas nunca te encontrei. Enfim, agora você está aqui! Foi um choque quando te vi no outro dia. Chegando em casa, contei pro Alex, ele não acreditou.

Uma fisgada. No peito, bem no meio. Uma fera raivosa cravando suas presas e se recusando a soltar. Eles ainda estão juntos, então.

Indiferente ao meu incômodo, ela continua:

– Gostaríamos muito de te convidar pra jantar. Que tal no sábado? Compramos a propriedade dos Champier, lembra?

É a antiga fazenda atrás do cemitério. Transformamos em uma pousada, está indo bem. Alex vai cozinhar. Ele cozinha como um chef, tenho certeza de que vai se superar por sua causa. Então? Podemos contar com você?

Não ouso recusar. Eu teria que me justificar, alegar um passado que ela provavelmente reescreveu e que eu fiz de tudo para apagar.

– Com prazer. Eu levo a sobremesa.

Ela vai embora, sorrindo. Os cabelos esvoaçando atrás dela. Eu sempre os invejei. Dourados e lisos. Céline chegou ao vilarejo no meio do sexto ano. Seus pais tinham acabado de se divorciar, o que lhe conferia um charme exótico ao qual nenhum garoto resistia. No recreio, todos ficavam em torno dela, de boca aberta, olhos arregalados, como carpas em torno de um verme. Lulu e eu a odiamos instantaneamente. Alexandre nos imitou, como bom amigo que era. Logo percebemos que ela era tão querida quanto bonita, o que não ajudava em nada. Levamos cerca de quatro horas para admitir que, no fim, gostávamos dela.

Penso em Melha e Anaïs, as amigas de Lou. Já ouvi muitas vezes que a infância e o ambiente familiar são determinantes na trajetória das pessoas. É verdade, mas as amizades feitas na adolescência, época em que somos porosos e maleáveis, são igualmente importantes. O problema é que, às vezes, levamos muitos anos para saber se uma amizade foi boa ou ruim.

2 DE ABRIL DE 1996

Aconteceu, fizemos amor. Foi tão lindo quanto eu imaginava. Foi numa quarta-feira à tarde, na casa dele. Minha melhor amiga me deu alguns conselhos, porque já tinha feito e se arrependido. O namorado dela parecia superapaixonado, até o momento em que ela aceitou ir pra cama. Depois disso, ele mudou completamente de comportamento e contou pra todo mundo que tinha transado com ela.

Eu não tinha nenhuma dúvida. Essa é a vantagem de se apaixonar pelo melhor amigo, eu sei que ele não é um babaca. Ele também nunca tinha feito antes. Ele estava um pouco sem jeito, mas foi muito carinhoso. Ele foi comprar camisinha no centro, numa farmácia onde nunca tinha posto os pés, e disse que era para um amigo. Achei tão fofo ele me contar. Finalmente consegui dizer eu te amo pra ele.

Tenho a impressão de estar um pouco melhor. Minhas crises de pânico estão menos intensas, duram menos. Talvez o médico estivesse certo, o magnésio está me fazendo bem. Eu só queria que meus pensamentos às vezes me dessem um tempo, porque eles cansam demais. Mas tenho esperança de que isso também melhore. Tenho tudo para ser feliz. Um namorado maravilhoso, a melhor amiga do mundo, amigos incríveis, um irmão bem legal, pais meio chatos mas nem tanto, não vejo motivo para reclamar. Quase sinto vergonha de criar problemas com essa vida dos sonhos.

A partir de hoje, prometo parar de me preocupar demais e aproveitar ao máximo. Um, dois, três, já! Se eu mentir, que caia dura no chão.

LOU

Fomos acordados às seis horas. Chris voltou da padaria com baguetes, preparamos sanduíches (sempre com facas de manteiga, superpráticas) e pegamos a estrada com o micro-ônibus. Alguns não quiseram vir, como Arthur, que é asmático, ou Romane, a mais velha do centro, que tem pé chato. Vin Gasolina aconselhou Marguerite a ficar no Jovens Águias. Ele disse:

– Você é frágil demais, vamos caminhar por várias horas, vai acabar se cansando.

Ela respondeu:

– Frágil é a mãe!

Houve um silêncio, todo mundo achou que ele fosse explodir com seu vozeirão, mas ele não reagiu. Ela acrescentou:

– Ganhei duzentos gramas, estou em forma.

A doutora Poirier assentiu, ela vai nos acompanhar por precaução.

Kim e eu obrigamos Marguerite a comer duas fatias inteiras de pão antes de sair. A cada refeição, ela nos xinga, mas quando ficou sabendo que tinha engordado um pouco, foi colher flores para nos agradecer.

Barnabé vomitou no micro-ônibus por causa das curvas. Sofiane surtou, começou a gritar:

– Eu não quero pegar gastroenterite! Quero descer!

Vin Gasolina parou num desvio, Sofiane pulou pra fora, tremendo. A doutora Poirier desceu com ele enquanto Karima limpava a sujeira.

Quando Sofiane voltou, ele disse:

– Tá tudo bem, era brincadeira! Eu sei que não é gastroenterite. Né, doutora? Não é gastroenterite, né?

Ele foi se sentar na frente, o rosto deformado por tiques nervosos. Enfim, o começo foi agitado, mas pronto, chegamos ao ponto de partida da trilha. Karima deu as instruções:

– Temos que ficar juntos, ninguém se afasta. Vamos devagar, se alguém precisar fazer uma pausa é só avisar. Não superestimem suas capacidades. É uma caminhada fácil, com um leve desnível, e vocês não vão acreditar no que tem no final. Cada um leva sua mochila com uma garrafa de água e um sanduíche. Não esqueçam o boné. Vamos fazer um piquenique quando chegarmos, antes de voltar pelo mesmo caminho. Lembrem-se: o que importa não é o destino, é o caminho. Alguém tem alguma pergunta?

Mila, uma morena baixinha, levanta a mão:

– Como a gente faz pra fazer xixi?

– Na garrafa! – respondeu Sofiane.

Vin Gasolina lidera a caminhada.

– A gente resolve na hora, caso alguém precise. Vamos antes que fique cheio de turistas e quente demais!

Todo o grupo o segue pela trilha de terra que margeia um lago azul-turquesa. O lago de Monteynard, aparentemente. Avanço no último grupo, com Kim e Beyoncé. Sinto cheiro de resina e terra molhada.

– É muita subida! – Marguerite diz depois de alguns metros.

Jules, um cara que chegou ontem no Jovens Águias, responde:

– De reta basta a tua bunda.

É a primeira vez que vejo Marguerite sem palavras. Barnabé responde:

– Cala a boca, otário, olha como fala!

– Ou você vai fazer o quê? – responde Jules, se aproximando.

– Vou te quebrar todinho, é isso que vou fazer.

Ele fica todo vermelho, fecha os punhos, o outro está a poucos centímetros de seu rosto. Vin Gasolina se interpõe entre eles:

– Calma, pessoal. Ninguém vai tocar em ninguém. Jules, peça desculpa pra Marguerite e vá lá pra frente do grupo.

– Nem pensar, não vou me desculpar por nada. Ela tem a bunda reta, eu só disse a verdade.

Ele faz gestos exagerados, como um gângster, é ridículo. Se acha o Eminem, mas parece o Tintim da periferia.

Sinto pena de Marguerite. Ela está com os olhos cheios de lágrimas.

– Você entende de bunda, tem uma no lugar da cara.

Demoro alguns segundos para identificar a voz que falou. É Beyoncé. Todo mundo aplaude e repete: CARA DE BUNDA!

Jules olha pra ela muito irritado:

– Cala essa boca, sua macaca suja.

Sinto meu sangue subir direto pra minha cabeça e falo sem pensar:

– Você acha que tá assustando alguém, por acaso?

Ele começa a vir na minha direção com uma veia enorme na testa. Começo a tremer, mas não demonstro. Ele diz:

– Vou quebrar a sua cara, vamos ver se não se assusta!

Vin Gasolina passa o braço na cintura dele e o impede de avançar. O garoto fica louco, grita comigo:

– Por que tá me encarando, sua puta? Vem aqui, se não tem medo! Você não serve pra nada, sua pobre coitada! Se mata logo, vai fazer um favor pra todo mundo.

Karima chega para ajudar, mas nada adianta. Ele dá socos e pontapés pra tudo quanto é lado, vários jovens do centro precisam intervir para que ele finalmente se acalme. A doutora Poirier nos leva para um lado, Beyoncé, Marguerite, Barnabé e eu. Ela quer ter certeza de que estamos bem. Meu corpo treme da cabeça aos pés. Marguerite pega minha mão e, com a outra, a de Beyoncé.

– Foi a raiva dele falando – explica Poirier. – Vocês não têm culpa, nada do que ele disse é verdade. É assim que ele expressa seu sofrimento, mesmo sendo inaceitável.

Ela sai para falar com Jules e os enfermeiros. Marguerite nos agradece por defendê-la.

– Imagina – diz Beyoncé.

Barnabé diz:

– É isso aí, mano. Não é culpa sua ter a bunda reta.

– Obrigada.

Ela parece sinceramente agradecida. Ela olha para mim:

– Foi pesado o que ele disse, Lou. Não se brinca com o suicídio. Espero que esse cretino seja expulso.

Ainda estou chocada com as palavras do garoto. Nunca fui alvo de tanto ódio. Não entendo como alguém pode chegar tão longe. Aqui, nessas montanhas, percebo que cresci protegida da violência, numa família amorosa, e que nem todo mundo tem isso. É uma sorte.

Marguerite aperta minha mão com força e começa a chorar:

– É a primeira vez que tenho a impressão de ter amigos.

Beyoncé a abraça. Barnabé abraça Beyoncé e Marguerite. Abro meus braços e me junto a eles.

Jules se acalmou, Vin Gasolina o levou de volta para o centro. Poirier nos explicou que teriam que ligar para os pais dele para virem buscá-lo, depois fez todo um discurso sobre a violência, proibida no Jovens Águias.

Retomamos a caminhada, a trilha atravessa uma floresta. Avanço atrás de Barnabé e Kim, e em alguns momentos parece que as mãos deles se tocam. Sofiane está certo, o amor deles salta aos olhos.

Depois de mais de uma hora de caminhada, Karima anuncia que estamos chegando.

– Estão prontos? Quero que tirem uma fotografia mental do que vão ver, e que a guardem na memória para sempre.

Saímos da floresta e nos deparamos com uma ponte pênsil de filme antigo, tipo *Indiana Jones*. Abaixo, muito, muito abaixo, a água é azul-turquesa.

– Essa é a passarela do Ébron – explica Karima. – As pessoas vêm de longe para atravessá-la, há uma segunda um pouco adiante. Como o nome indica, ela atravessa o Ébron, a uma altura de oitenta metros. Temos sorte, ainda tem pouca gente, mas não podemos perder tempo. Quanto mais gente, mais ela balança. Vamos fazer o piquenique do outro lado. Depois, voltamos para o estacionamento.

– Como assim? – pergunta Sofiane. – Quer dizer que vamos atravessar essa coisa?

– Nem pensar – diz Marguerite. – Prefiro comer batata frita.

– Tenho medo de altura – acrescenta uma garota do grupo. – Eu realmente não consigo fazer uma coisa dessas.

Dois outros garotos se recusam a atravessar. Karima e a doutora Poirier trocam um olhar e aceitam que façamos o piquenique do lado de cá. Ninguém é obrigado a atravessar a ponte, vai quem quer.

Kim e Beyoncé estão animadas. Barnabé também. Vamos juntos, sou a primeira a colocar o pé na passarela. Me agarro à grade e tento não olhar pro vazio pelo chão de metal. Beyoncé me segue:

– Está balançando! Ai, ai, ai, que horror!

Continuo andando. Quando Barnabé e Kim entram na passarela, tudo balança ainda mais.

– Esperem por mim, tô chegando!

Sofiane vem correndo. Ele para assim que pisa na passarela. Parece aterrorizado. Todos começam a encorajá-lo.

– Vem, você consegue!

– Vai ficar orgulhoso de si mesmo.

– Não tem perigo.

Os que ficam em terra firme tentam detê-lo:

– Você é louco, olha a altura!

– Imagina se a passarela cai.

Quase dá para ver as duas partes do cérebro dele lutando uma contra a outra. Sua mão toca a grade, ele tira uma garrafinha de álcool em gel do bolso e esfrega as mãos por um tempo interminável. Barnabé grita:

– Ei, mano, estamos em cima do precipício, vem logo!

Olho ao redor, as montanhas, as árvores, a água turquesa. O céu azul, o vento nos meus cabelos, o vazio, imenso, sob meus pés. É breve, dura poucos segundos, mas sinto algo no peito. Algo muito parecido com alegria. Mesmo depois de tanto tempo, não tenho como me enganar. Sofiane dá um tchauzinho pros que têm medo de altura e caminha até nós:

– Então, é pra hoje ou pra amanhã? Estou só esperando vocês.

DIANE

Meu pai adora pescar. Quando eu era pequena, gostava de acompanhá-lo, de vê-lo procurar minhocas na terra úmida, colocar os anzóis, calçar as galochas e lançar a linha. Eu gostava da caixa cheia de boias e iscas, que se transformava em banco quando ele a fechava. Da esperança quando a boia afundava na água. Da alegria quando ele pescava um peixe. Eu gostava do cheiro de lama e dos sanduíches de pão de forma que ele tirava do papel alumínio ao meio-dia. Eu gostava de me sentar na beira do lago e tentar pegar os girinos com um copo. Mas o que eu mais gostava era do nosso silêncio cúmplice, tanto quanto das longas histórias do passado que às vezes ele me contava.

Eu gostava menos do destino reservado aos peixes. Ele pegava poucos, mas eu fechava os olhos toda vez que ele precisava finalizar o abate. Parei de acompanhá-lo quando entrei na adolescência, época em que os ideais prevalecem sobre as tradições. Ontem à noite, ao vê-lo preparar seu material no jardim, senti vontade de me reconectar com essa parte da minha infância.

São seis horas da manhã quando o encontro na cozinha. Ele me entrega uma xícara de café. Eu mal consigo abrir os olhos.

– Carreguei o carro – ele diz em voz baixa.

– Por que está sussurrando?

– Para não acordar a mamãe.

– Ela tem o sono pesado, não ouviria nem se um avião caísse em cima da casa.

– Sim, mas o menor murmúrio dos filhos a acorda.

Pela enésima vez, ele me conta da ocasião em que ela ouviu um gemido, bem baixinho. Eu tinha poucos meses. Ao se debruçar sobre o berço, ela percebeu que eu estava me engasgando no meu próprio vômito.

– Ela salvou sua vida. Foi impressionante. Eu não ouvi nada.

O orgulho em sua voz é comovente.

– Temos que ir, filha. Senão vamos perder o melhor lugar.

Eu o acompanho até a rua. No sorriso dele, na maneira como anda e abre a porta do carro, vejo que está feliz com a minha companhia.

O lago não fica longe da casa, chegamos em dez minutos. Passamos pela fazenda agora habitada por Alex e Céline. E passamos na frente da minha antiga escola. As casas se tornam escassas, as árvores, numerosas. Reconheço a bifurcação com a cruz no alto, a grande curva e a pequena estrada pela floresta, ao fim da qual meu pai desliga o motor.

– Somos os primeiros – ele diz.

– Você pode parar de sussurrar.

Ele ri.

O lago mudou de forma, a vegetação modificou seus contornos. Andamos pela margem até o lugar preferido do meu pai.

– Os lúcios são mais numerosos aqui – ele afirma.

– Você já pegou muitos?

– Nenhum. Ou eles se pareciam muito com pardelhas.

Sento na grama e observo enquanto ele monta o equipamento. Seus gestos são firmes, mas suas mãos tremem um pouco. Notei isso várias vezes nos últimos dias. Seu cabelo, antes tão castanho quanto o meu, está todo grisalho. Ele tem a testa marcada por duas rugas profundas, as pálpebras caídas.

Quando criança, eu o achava enorme e ficava impressionada com o tamanho dos seus pés, quarenta e dois, enquanto os meus eram pequenos. Quando comecei a sair com outros homens, percebi que ele não era tão alto assim. Ao lado da vara de pescar, à luz da aurora, ele me parece quase pequeno.

Ele lança a linha e gira o carretel do molinete. Quando a boia está no lugar desejado, coloca a vara no suporte e começa a segunda. Quando tudo está pronto, ele se senta na caixa e fixa o horizonte. Tenho a impressão de ter aberto uma janela para a minha infância.

Depois de vários minutos em silêncio, ele começa a falar. Ele não olha para mim, mas entendo imediatamente que não está falando com os peixes.

– Sua mãe e eu nos separamos uma vez. Foi alguns anos depois de você ter saído de casa, eu ia fazer 50 anos. Fiz um balanço da vida, me perguntei se era realmente feliz, e não soube a resposta. Todos os meus colegas tinham se divorciado, levavam vidas de solteiros, e eu achava a minha monótona demais. Sua mãe estava em depressão desde que você e seu irmão tinham ido embora. Ela transferia para mim o amor que não podia mais dar a vocês. Eu morria de tédio. Uma noite, saí com meus colegas. Ela não queria, eu nunca tinha saído sem ela, mas eu não quis saber. Cometi um erro. Não me orgulho, mas beijei uma mulher. Nada mais que isso, depois voltei para casa. Foi o suficiente para abalar todos os meus valores. Sua mãe estava me esperando na cozinha. Ela entendeu na hora. Me colocou para fora. Você a conhece, ela nem esperou o amanhecer. Eu fui para a casa do meu irmão.

– Mas, pai, por que você está me contando isso?

– Para que você saiba que a vida a dois não é linear.

– Eu sei, senhor Dalai Lama. É muito gentil da sua parte, mas poderia ter me poupado da imagem do meu pai beijando uma mulher na balada.

– Por quê? Ninguém é perfeito, minha filha. Embora eu esteja quase lá, confesso que não sou. Você precisa tentar ser um pouco menos inflexível.

– Eu não sou nada inflexível.

Ele olha para mim e sorri:

– Claro que sim, você é. Um pequeno detalhe pode fazer você mudar radicalmente de opinião sobre alguém. Eu sei muito bem, você herdou isso de mim.

– Ah, muito obrigado, então.

– Você teria preferido meu nariz?

– Caramba, não!

Ele cai na gargalhada. Eu com ele.

– O que quero dizer, minha querida, é que nada está perdido. Eu tinha certeza, certeza mesmo, de que amava menos sua mãe, de que não queria mais essa vida. Eu estava enganado.

– Como descobriu?

– Uma semana depois, quando fui buscar roupas em casa. Ela notou que eu tinha emagrecido e pareceu realmente preocupada comigo. Me fez jurar que iria ao médico. Eu me perguntei como pude achar que podia prescindir da loucura dela. Depois disso, sofri para ela me perdoar, mas essa é outra história.

Levanto para pegar um copo na cesta e me acocoro na beira do lago. Dezenas de girinos nadam na superfície. Eu nunca teria imaginado que meus pais haviam passado por uma turbulência tão grande.

– Essa outra história me interessa, pai. Se o Seb voltar, tenho medo de ficar guardando mágoa, de não conseguir perdoá-lo totalmente. Eu não achava que ele fosse capaz de me fazer sofrer, agora sei que é.

Mergulho o copo na água escura, os girinos fogem.

– É exatamente o que estou tentando dizer, você precisa ser mais flexível. Ninguém é perfeito. Não se trata de perdoar a qualquer custo, mas de se perguntar o que você está disposta a aceitar, se ele passou dos limites. Há uma grande diferença entre alguém que te faz mal de propósito e alguém que te fere sem querer. Poucas pessoas colocam os outros antes de si mesmas. Você não pode esperar ser a única prioridade de alguém. Vamos olhar de outro ângulo: se um dia seu amor por Seb acabar, você vai continuar com ele?

– Não.

– Isso vai deixar ele triste. Mas não vai fazer de você uma má pessoa. Eu acho que o Sébastien é um cara legal. Ele tem agido direito?

– Como assim?

– Ele te desrespeita?

– Não, acho que não. Ele andou distante nos últimos tempos, parecia outra pessoa. Foi o que mais doeu. Nunca vou me conformar. Como podemos ser tão próximos, compartilharmos tudo e acabarmos sem sentir a menor empatia um pelo outro?

– Provavelmente porque é mais fácil assim.

– É cruel.

– A vida pode ser cruel.

– Obrigada por esse otimismo todo, pai. A gente devia bordar isso numa camiseta. Com uma arma nas costas.

Meu pai se levanta e segura uma das varas.

– Fisgou!

Ele puxa a linha várias vezes, gira o carretel e sobe o anzol vazio. Oscilo entre a expectativa de vê-lo pescar um peixe grande e o temor de vê-lo puxar uma alga.

– Nada – ele diz. – Quando eu digo que a vida pode ser cruel…

Ele lança a linha de novo, e confirma o que eu achava ter visto da primeira vez.

– Pai, você não colocou a isca!

– Que olho bom, minha filha.

– Mas por que fez isso? Não vai pegar nenhum peixe!

– Essa é a ideia.

Ele volta a se sentar e fica olhando pro horizonte em silêncio. E eu olho para esse homem capaz de trair a esposa, mas também de sabotar a própria pescaria para não ferir a sensibilidade da filha.

12 DE ABRIL DE 1996

Os monstros voltaram. Eles me deixaram acreditar que estava melhor, baixei a guarda por um momento, mas eles estavam apenas tirando uma soneca. Agora sou eu que não consigo dormir.

Quarta-feira à tarde, roubei os remédios do meu pai. Eu não aguentava mais. Estava cansada demais das noites sem sono, cansada de lutar. De ter a cabeça cheia, o tempo todo. Eu só queria que meu cérebro parasse um pouco. Parasse os ataques de pânico. Encontrei os que meu pai toma para dormir. Estavam no chão, ao lado da cama. Restavam três na cartela, engoli todos de uma vez. Depois fiquei com medo, então fui pra casa da minha melhor amiga. Ela mora na rua atrás da minha, nem coloquei os sapatos, saí correndo.

Ela estava em casa, não sei se tive sorte ou não. Contei o que fiz, ela ficou apavorada e quis chamar os bombeiros. Eu implorei para que não fizesse isso, a gente levou uma bronca da última vez que chamamos os bombeiros à toa. Ela jurou que não chamaria. Me senti muito cansada, então me deitei na cama dela.

Quando acordei, vi os bombeiros e os meus pais. Minha mãe chorava, meu pai ralhava comigo e dizia eu te amo ao mesmo tempo. Não vi minha melhor amiga. Os bombeiros me faziam perguntas, queriam saber quantos comprimidos eu tinha tomado, se tinha bebido álcool junto, pediram que explicasse o que tinha feito. Por mais que eu repetisse que só queria dormir um pouco, eles disseram que meus pais deviam me levar pro hospital.

Quando saí da casa numa maca, a traidora estava no jardim. Ela se atirou em cima de mim, chorando. Eu não tive forças para afastá-la, mas só pensava nisso. Ela jurou que não chamaria os bombeiros. Ela mentiu para mim. Nunca vou perdoá-la.

LOU

À noite, começa tudo de novo. Tenho um enorme ataque de pânico. Sinto que vou morrer. Fazia dias que eu não tinha nada, pensei que os ataques tivessem acabado. Cheguei a dizer a minha mãe que já podia voltar pra casa.

Tento me virar sozinha, mas a crise é insistente, parece um vendedor de telemarketing. Prendo a respiração, como a doutora Poirier me ensinou. É a técnica do desespero, quando a outra não funciona (a outra é observar a angústia passar, não tentar afastá-la, como um galho no rio, ela disse). Se os bloqueamos, eles se acumulam, mas se os deixamos passar, eles se afastam. Esta noite, minhas angústias são do tamanho de baobás, então acabo me levantando para chamar Karima. Quando passo pelo quarto de Kim, vejo luz embaixo da porta. Entro direto, sem nem bater, ela está sentada na cama pintando. Uma pequena lâmpada em forma de nuvem a ilumina. Ela parece assustada ao me ver. Estou batendo os dentes. Ela abre um espaço para mim na cama, me cobre e esfrega meus braços para me aquecer, mas não adianta, meu corpo é um tremor só. Ela sai do quarto, me pergunto por que está me deixando sozinha, mas ela volta alguns minutos depois com Marguerite e Beyoncé. Ainda bem que os meninos dormem no andar de baixo, senão ela teria chamado Sofiane e Barnabé também.

Marguerite diz:

– Tem que dar uns tabefes nela. E puxar a língua pra ela não se engasgar.

– Não – explica Kim –, isso é pra crise de epilepsia. Minha prima tem, mas não tem nada a ver com isso.

– Lou, é um ataque de pânico? – Beyoncé pergunta.

Faço que sim com a cabeça. Ela diz:

– Conheço bem. Você não vai morrer, vai passar. Tenta relaxar o corpo.

– Quero só ver – Marguerite comenta. – Ela parece uma pedra de tão dura.

Kim liga um aparelho e, de repente, várias estrelas aparecem nas paredes e no teto.

– Também posso colocar uma aurora boreal. Me acalma pra dormir.

Ondas verdes e roxas dançam ao nosso redor. É como se a gente estivesse na Noruega, sob um céu de inverno. Ninguém abre a boca, nem Marguerite.

– Eu tive crises de ansiedade por três anos – diz Beyoncé. – Meus pais me obrigavam a ir pro colégio, o que me deixava doente. Eu não falava pra eles, mas eu apanhava de duas colegas. Minhas duas melhores amigas. Por causa de um cara. Eu não quis nada com ele, então ele se vingou fazendo uma fotomontagem no Snapchat. Virei a puta do colégio.

– Eu também – diz Marguerite. – Só que era eu mesma no vídeo.

– Isso não muda nada! – reage Kim. – Seu corpo, suas regras. Não é porque dorme com um cara que você é puta!

É a primeira vez que a vejo tão irritada. Estranhamente, ouvi-las conversando vai me acalmando aos poucos.

– Mas mesmo assim... – fala Marguerite. – Quando você é uma garota, tem que ter um mínimo de respeito por si mesma. Tipo, se vai pra cama com todo mundo ou se veste como uma vadia, não pode se surpreender.

Mesmo com a aurora boreal, vejo Kim ficando vermelha:

– Então se uma menina de vestido justo é estuprada, é porque ela tava pedindo?

– Eu não disse isso. Mas homem é homem, melhor não provocar.

Me sinto obrigada a intervir:

– Quem tem que se controlar são eles. A gente deveria poder andar na rua pelada sem ser agredida.

Beyoncé aperta minha mão. Marguerite ri:

– Vocês estão vivendo num mundo de faz de conta, meninas. Claro que seria ótimo, mas não é assim que funciona. Na vida real, quando você usa saia, os caras te enchem o saco.

– Nem todos – diz Beyoncé. – Não pode generalizar.

Marguerite responde com agressividade:

– Pode até ser, mas, na dúvida, vou ensinar minha filha a evitar vestidos. Queria que tivessem me ensinado isso quando eu tinha 8 anos.

Ela se levanta e sai do quarto. O ataque de pânico passou totalmente. Me sento na cama:

– Não podemos fazer como se nada tivesse acontecido. Ela acabou de soltar uma bomba, não deve estar nada bem.

– É. Vamos atrás dela?

Andamos na ponta dos pés, com a lâmpada de nuvem e o projetor de estrelas nas mãos. Prendo a respiração ao passar pelo quarto de Karima. Marguerite está no banheiro, com a porta bem aberta:

– Eu queria fazer xixi.

Esperamos no quarto dela. As paredes estão cobertas de fotos da filha e de desenhos coloridos. Arco-íris, sóis, flores, corações. A cama está cheia de bichos de pelúcia. Ela se junta a nós, abre a gaveta da mesa de cabeceira, tira três chocolates e oferece:

– Comam, eles parecem bons.

Soa como uma ordem, então obedecemos. Ela nos olha como Arya durante as refeições.

Admiramos as falsas estrelas por um tempo, sem abrir a boca, e, quando acordamos, o verdadeiro dia já nasceu.

DIANE

Céline devia estar me esperando atrás da porta, porque mal bati e ela já a escancarou, quase tanto quanto sua boca:

– Bem-vinda à nossa casa!

Eu conhecia o casarão na época em que ele estava caindo aos pedaços, às vezes ia brincar lá com Lulu e Alexandre, era um esconderijo perfeito para os G.I. Joe.

Estendo a caixa de doces em sua direção, ela me beija, colocando a mão entre minhas escápulas, e me puxa para dentro. Tudo está decorado com capricho, os móveis antigos convivem harmoniosamente com vasos e luminárias modernas, mas a apreensão me impede de apreciar o ambiente de verdade. Não vejo Alexandre há quase trinta anos. Desde o dia em que fugi, numa manhã de maio. Dos 6 aos 17 anos, ele foi meu cotidiano, meu duplo, meu ponto de referência, meu irmão, e eu o risquei da minha vida, junto com todo o resto.

– Você veio a pé, com esse calor? – ela pergunta.

– Sim. Me fez bem caminhar.

Ela para no meio de um longo corredor e se posiciona à minha frente:

– Imagino que não seja fácil para você. Também não é para mim. Espero que a gente consiga deixar o passado de lado e passar uma noite agradável.

Não consigo dizer se é um desejo ou uma ordem.

– Vou fazer o possível.

Ela retoma a caminhada, eu a sigo.

– Alex está quase tão feliz quanto eu! Ele não acreditou quando eu disse que tinha te visto. Ele preparou sua especialidade: frango com mostarda. Os hóspedes adoram. Já te contei que temos uma pousada? Fui para Paris estudar, Alex me acompanhou, acabamos morando na capital. Voltamos há cinco anos para ajudar a mãe dele depois da morte do pai, e percebemos que éramos muito mais felizes aqui. Amor, olha quem chegou!

Ele está na cozinha, de costas, diante da bancada. Reconheço seu porte, os ombros levemente encurvados. Em poucos meses, no sétimo ano, ele tinha virado um gigante, e sua voz havia mudado.

Ele se vira, e o passado me dá um tapa na cara.

Na primeira vez que o vi, ele estava andando de bicicleta na frente do nosso jardim. Os pais dele tinham uma bela casa fora do condomínio, com colunas e dois cachorros enormes que latiam sempre que alguém passava. Tínhamos acabado de nos mudar, e ele foi a primeira criança a sorrir para mim. Quando as aulas começaram, ele estava na minha sala, junto com Lulu. Logo formamos um trio. A chegada de Céline na sexta série nos transformou em quarteto.

Ele me olha sem se mexer. Não sei se devo me aproximar ou sair correndo. Ele sorri, com seus longos braços ao lado do corpo:

– Oi, Diane.

– Oi, Alex.

– Fiz um frango com mostarda. Hesitei, não sei se você é vegetariana, preparei uma boa salada, caso prefira.

– Estou emocionada – diz Céline.

Ela chora. Examino minhas emoções, mas o acesso a elas está bloqueado. Estou anestesiada pela estranheza da situação. Uma nostalgia difusa me envolve quando olho para Alexandre.

Sentamos num pátio cercado de roseiras em flor. Um grande guarda-sol branco nos protege do sol. A troca de banalidades se sucede, cada um apresenta seu currículo e, brevemente, sua situação familiar. As lembranças custam a se ajustar ao presente, somos desconhecidos que já se amaram. Desaprendemos uns aos outros. Nos reencontramos anos depois com o mesmo descompasso de quem assiste a um filme da infância com olhos de adulto.

Eles não têm filhos, mas insistem que eu mostre fotos dos meus. Procuro emoção nos olhos de Alexandre. Céline acha que Lou é a minha cara.

– Eles não vieram com você? – Alexandre pergunta.

Não voltei à minha cidade natal por curiosidade ou para provar a comida do meu amigo de infância.

– Lou está em retiro terapêutico porque não está bem. Psicologicamente. Por isso voltei. Eu tinha a idade dela quando fui embora. Acho que ela carrega algo que me pertence e que preciso resolver.

Minhas palavras provocam um silêncio constrangedor. Céline põe os talheres no prato:

– Já foi ver a Lulu? Ela está aqui, bem perto do…

– Eu sei. É a próxima que vou visitar. Queria falar com vocês primeiro.

Alexandre suspira:

– Não adianta nada remexer o passado, Diane.

– Nesse caso, adianta, sim, para ajudar minha filha.

– Não é tão simples assim. O que você quer ouvir? Que sentimos muito? Que deveríamos ter agido de outra forma? Nos apaixonamos, não dá para controlar uma coisa dessas. O momento não era adequado, admito. Talvez pudéssemos ter feito as coisas com mais calma…

Céline coloca a mão sobre a dele:

– Não podemos voltar atrás. Sentimos muito pelo mal que causamos, mas você pode ver que tínhamos razão. Não foi só uma paixonite. Temos que seguir em frente, Diane.

– Muita água já passou por baixo da ponte – diz Alexandre.

Mais uma frase clichê e não me responsabilizo por meus atos.

Não espero a sobremesa. Prefiro esses dois nas minhas lembranças. Agradeço pelo convite e vou embora. A única com quem realmente quero falar, agora, é Lulu.

14 DE ABRIL DE 1996

Fui internada. Não me deram escolha. Minha mãe disse que era pro meu bem. Até meu irmão veio se despedir antes de me levarem.

Estou em um quarto com outra garota. Já sei tudo da vida dela. Ela me explicou que não é louca, que foi internada pelos pais, que queriam se livrar dela porque ela tinha descoberto que eles eram espiões. Ela me contou que, antes de mim, dividia o quarto com outra garota que achava que era o Lucky Luke. Ela andava como ele, falava como ele e se vestia como ele. Ela disse que, para se comunicar com ela, tinha que fingir ser o cavalo Jolly Jumper. Quase achei engraçado.

Não tenho direito a visitas e não sei quanto tempo vou ficar aqui. Tenho que tomar uns comprimidos que me fazem dormir a maior parte do tempo. Vi um psiquiatra uma única vez, por cinco minutos.

É para ser um lugar que ajuda pessoas que estão mal, mas não vejo como alguém pode sair daqui melhor. O ambiente é escuro, ouvimos gritos o dia todo, a comida é uma porcaria e somos tratados como cachorros. Tem um enfermeiro que é legal, o único que é mais jovem. Ele diz que os outros estão cansados, porque o trabalho é muito difícil e mal pago. Não sei. A única coisa que sei é que quero voltar pra casa. Espero que meus pais venham me buscar logo.

LOU

A manhã não está tão quente, então nos reunimos no jardim. Não precisamos consultar a previsão do tempo para saber a temperatura, temos um termômetro especial. Na casa do meu pai, ele tem um de vidro, com bolhas coloridas que flutuam em alturas diferentes conforme o calor. O Arthur é igual. Ele fede de um jeito diferente se está vinte graus ou vinte e nove. Hoje dá para passar perto dele sem desmaiar, então deve estar por volta dos vinte e dois graus.

Eu tenho um verdadeiro problema com cheiros. É como se eu os sentisse com mais intensidade que os outros. O perfume das pessoas me dá dor de cabeça – na escada, seguro a respiração, então ninguém percebe. O pior cheiro é o dos pés do meu pai. Um negócio de doido. Ele deixa os sapatos na varanda e passa um creme especial todo dia, mas não adianta quase nada, o cheiro de queijo maturado por dezoito meses continua forte. Quando tive covid, perdi o olfato por uma semana, foi um verdadeiro descanso.

Acho que é parte do pacote. Nasci com o kit "sentir tudo mais forte". A tristeza, a alegria, mas também os sons e a dor física. Tenho sentidos de super-herói. Ouço o menor barulho e fico presa dentro dele. Sempre baixo o volume da música ambiente e me sinto perdida quando várias conversas estão rolando ao mesmo tempo. Sou capaz de matar alguém mastigando de boca aberta perto do meu ouvido. Barulho de motor me impede de dormir. Em casa, à noite, uso protetores auriculares para não ouvir a vida dos vizinhos. Aqui, descobri o silêncio. Também sou sensível à luz. Uso óculos de sol, senão meus olhos ardem. Filmes em 3D me deixam enjoada, e alguns jogos de videogame me causam vertigem. Também percebi que sinto dores exageradas. Quando meu irmão me dá um tapa no braço, por exemplo, mesmo tendo a força de uma esponja, dói muito. E quando tropeço, quase imploro para amputarem meu pé. A mesma coisa com café: na única vez que tomei, tremi dos pés à cabeça e meu coração disparou. Meu cabeamento não é igual ao dos outros.

Enfim, hoje não está tão quente, então colocamos as cadeiras na rua para ouvir o palestrante. É um antigo jovem do centro, um velho, praticamente. Ele se chama Pierre, tem 29 anos e ficou aqui dois meses no ano de inauguração. Veio mostrar que é possível sair dessa. É uma prova científica: ele ainda está vivo, podemos tocá-lo e ouvi-lo. Podemos fazer todas as perguntas que quisermos, então não nos fazemos de rogados. Barnabé começa pela mais importante:

– Senhor, a comida já era ruim na sua época?

Pierre faz um gesto para o doutor Fromentin olhar para o outro lado e balança a cabeça, dizendo:

– Não, era deliciosa. Digna do guia Michelin.

Todos riem. Beyoncé pergunta por que ele veio pra cá.

– Eu tinha pensamentos muito sombrios, achava que a vida era um presente pesado demais. Eu não tinha pedido para nascer, só queria uma coisa: ir embora.

Romane levanta a mão e espera receber a palavra:

– Você teve uma infância difícil?

– Não muito. Meus pais trabalhavam bastante, mas se esforçavam para estar presentes. Eu me culpava muito por isso, principalmente quando cheguei aqui. Muitos tinham passado por verdadeiros infernos, e eu me sentia mal sem motivo.

Mas foi aqui que aprendi uma coisa: nem todo mundo é igual. Alguns conseguem aguentar tempestades monumentais sem se abalar, outros desmoronam com a primeira brisa.

– Você tentou se matar? – pergunta Manon. – Você não conseguiu?

Ela parece muito interessada na resposta. Fromentin diz a Pierre que ele não precisa responder, mas ele aparentemente quer:

– Tenho a sorte de ter tanta coragem quanto cabelo.

Ele tira o boné, está quase careca. Todo mundo ri, até o Vin Gasolina. Acho que é a primeira vez que vejo seus dentes. Fromentin intervém:

– Cuidado, não podemos dizer que o suicídio é um ato de coragem. Isso seria valorizá-lo.

– Perdão, é verdade. O que eu quis dizer é que, paradoxalmente, tenho pânico da morte. Essa é a única razão pela qual nunca dei esse passo. Porque, tenho que confessar, às vezes levantar da cama e enfrentar o dia parecia um esforço impossível.

– Sinto isso com frequência – me sussurra Kim.

– Eu também.

Pierre continua:

– Vim dizer para vocês que isso não é definitivo. Quando eu estava no fundo do poço, não imaginava que um dia sairia. Parecia impossível, mesmo todo mundo prometendo o contrário. Eu tinha a impressão de que comigo era diferente, que ninguém podia me entender. Eu me sentia isolado com meu mal-estar. Foi isso que ganhei aqui. O retiro terapêutico não faz milagres, claro. Você não vai mudar radicalmente em algumas semanas. Ainda vai passar por momentos difíceis quando sair, mas vai ter ganhado algo precioso, algo que nunca mais vai te abandonar.

Ele faz uma pausa, se certifica de que todos estão ouvindo. Todos estão atentos. Nunca vi o pessoal tão concentrado. Ele diz:

– A gente não está sozinho. É isso que se aprende aqui. Somos muitos lutando contra nossas neuroses e angústias.

Não somos um caso isolado. Somos um exército inteiro. Quando você descobre isso, se sente mais forte.

Sinto um calafrio. Da cabeça aos pés, meus pelos se arrepiam. Ele acaba de colocar em palavras o que venho sentindo há meses. Eu me sentia sozinha. Estranha. Diferente. Tinha a impressão de estar longe dos outros, afastada do mundo. Hoje, não me sinto mais feliz, nem mais leve, nem menos ansiosa. Mas me sinto compreendida. E isso muda tudo.

DIANE

Assim que acordo, minha mãe me cumprimenta com sua eterna benevolência:

– Você dormiu de lado.

Não respondo, então ela acha útil esclarecer:

– Está com baba seca na bochecha.

Não me ofendo. Essa é sua maneira especial de cuidar dos outros. A cada aniversário, ela sempre me dá de presente algum tratamento de beleza. Ela faz questão de personalizar os presentes e se esforça para escolher conforme meus problemas do momento. Eles vêm escritos em letras douradas no cartão: "limpeza para pele oleosa", "massagem redutora de celulite resistente" ou "protocolo para flacidez facial".

Uma vez, no meu aniversário de 40 anos, ela fez uma exceção à própria regra. Teve uma ideia bastante animadora para celebrar essa idade importante: uma cripta familiar para quatro pessoas. "Assim, você vai poder descansar ao lado do seu marido e dos seus filhos."

Não se pode acusá-la de favoritismo, meu irmão recebe o mesmo tratamento. Recentemente, depois de um jantar agradável na casa dos meus pais, ele teve a alegria de receber um e-mail da minha mãe. O assunto, em letras maiúsculas, não deixava dúvidas quanto ao conteúdo: "SEU HÁLITO".

– Bom dia, mãe, dormiu bem?

– Não, mas obrigada por perguntar. Entre o estresse com a chegada do meu aniversário e os roncos do seu pai, minhas noites andam mais curtas que os vestidos da vizinha. Quer um café?

– Deixa que eu me sirvo.

Abro o armário e pego uma xícara.

– Sobre meu aniversário, hoje é o prazo final para confirmar o número definitivo de convidados para o confeiteiro. Seu marido confirmou presença, assim como meu neto querido.

Por precaução, deixo a xícara no balcão.

– Como é?

Ela continua limpando a mesa e evita me responder.

– Mãe? Pode ser mais clara, por favor?

– Impossível ser mais clara que isso: perguntei ao Sébastien se ele viria, ele disse que sim. Fiquei feliz, meu neto finalmente vai conhecer a casa dos avós.

– Mãe, me diz que está brincando.

– Não costumo brincar com essas coisas.

Seu jeito distante me deixa nervosa.

– Você não entende, mãe? Acha isso normal?

– Convidar meu genro e meu neto para minha festa de 70 anos? Totalmente normal, querida. Você não acha?

Ela se dirige à pia com passo altivo.

– Por que fez isso, mãe?

– Por você. Considere como um empurrãozinho da sua mãe. Seu pai me contou da conversa de vocês na pescaria, sei que sente falta do seu marido. Essa é uma boa ocasião.

– Você não deveria tomar esse tipo de decisão por mim. É sempre a mesma coisa, sabe, eu abro uma pequena janela pra você na minha vida e você derruba a parede! Eu nunca deveria ter falado com vocês do Seb. Nunca deveria ter voltado aqui. Você sempre precisa controlar nossa vida, é insuportável!

Ela enxágua a esponja, sem nenhuma pressa, e a torce tanto que ela não volta à forma original. Depois, sorri para mim:

– É curioso que você ache isso insuportável. Você faz a mesma coisa com a Lou! Vai inclusive ainda mais longe: acredita que só você pode salvá-la. Desculpe, querida, mas na família do "quero controlar tudo", você superou sua mãe.

Ela seca as mãos no pano de prato, vem me dar um beijo na bochecha e sai da cozinha assobiando. Ela nunca assobia. Já está exagerando no desprendimento.

Saio para tomar ar. O sol começou a subir, sua luz atravessa as folhas do carvalho. Um pássaro pula no telhado do galpão do jardim. O galpão da minha infância foi substituído por um modelo maior e mais robusto, mas a memória do antigo não envelhece. O cheiro de madeira molhada, o telhado de zinco, a porta rangendo, as teias de aranha, as gargalhadas com Lulu, Alex e Céline. Depois do jantar na casa deles e do clima estranho entre nós, não paro de me perguntar se desenterrar o passado foi mesmo uma boa ideia. O mergulho no caderno é doloroso, o tempo não suavizou a fúria das palavras, cada página é uma flecha cravada um pouco mais fundo. Mas era necessário. Ao me libertar das amarras que me prendem ao passado, espero também cortar o cordão que sufoca minha filha. Estou quase lá.

20 DE ABRIL DE 1996

Voltei a ver o psiquiatra. Ele me disse que eu estava melhor. Não sei de onde ele tirou isso, já que é apenas a segunda vez que me vê. Não neguei, talvez ele me deixe sair.

Ontem à noite, minha colega de quarto teve uma crise por causa da sobremesa. Uma salada de frutas. Ela disse que lhe davam aquilo pra causar diabetes, que ela não era boba, e atirou a tigela na cabeça da auxiliar de enfermagem. Depois, começou a gritar e correr pra todo lado, várias pessoas tiveram que intervir para acalmá-la, e ela foi colocada em isolamento. Lá, aparentemente, eles amarram as pessoas na cama para acalmá-las e aplicam injeções. Eu não mexo um músculo. Leio e escrevo no meu caderno, é a única coisa que tenho para fazer. Tem uma televisão coletiva, mas uma paciente não larga o controle remoto e só assiste porcaria.

Mesmo assim, fiz uma amiga. Ela tem a minha idade, é a primeira vez que está aqui. Isso é raro, a maioria já virou frequentadora assídua. É a primeira vez que conheço alguém com o mesmo tipo de mente que o meu. Ela o descreve muito bem: é como uma máquina de lavar. O tempo todo girando, girando, girando. Nunca para. Ela diz que a mãe dela era igual, e que acabou ficando completamente louca. Maníaco-depressiva, é o nome. Não tive coragem de contar pra ela que o psiquiatra disse que eu estava melhor, tive medo de decepcioná-la. É tão bom não se sentir sozinha.

LOU

De tarde, Sofiane chega de repente ao nosso QG com vista pra montanha com duas novas lorotas. Ele não multiplica pães, mas mentiras.

A primeira: ele diz que viu três lobos. Um grande e dois pequenos. Ele jura que, lá embaixo, eles estavam atravessando o campo correndo e desapareceram atrás das árvores. Barnabé parece impressionado, e diz:

– Sinistro, mano! Ontem eu vi um tiranossauro. Fiquei na dúvida porque era rosa, mas quando ele rugiu, tive certeza.

– Ah, fala sério. Acha que estou mentindo? Estou dizendo: vi três lobos, eles eram cinza e estavam correndo. Quer dizer, eles estavam entre andando e correndo, tipo passeando, tive tempo de ver direitinho.

– Ok, ok, eu acredito em você. E a segunda boa notícia?

– Vou sair amanhã!

A gente não reage. Ele fala isso a cada três dias e, até provar o contrário, ainda está aqui.

Mas desta vez é verdade. Chris se junta a nós e acende um cigarro:

– Isso fica entre nós. Não tenho permissão para fumar com vocês. Então, Sofiane, tá feliz de sair? Não vai sentir falta da tia Chris?

– Vai ser estranho, mas já estava na hora! Ainda não entendi por que me colocaram aqui.

Barnabé faz uma cara estranha. Ele percebe que desta vez é verdade, seu amigo vai embora. De repente, ele se levanta e sai correndo. Chris grita alto:

– Vai se esconder no quarto de novo?

– Ele está triste – explica Kim.

– Ele é egoísta – diz Chris. – Se fosse um amigo de verdade, ficaria feliz.

Kim fica vermelha. É incrível, toda vez que ela tem uma emoção, parece que vira um traseiro de babuíno.

– Ele é um amigo de verdade! Não é legal falar assim dos outros!

Chris dá uma risada estranha:

– Nossa, então você sabe falar? Tá apaixonada ou o quê? Precisa ter um pouco de senso de humor, eu só estava brincando. É impressionante, tão jovem e tão séria. Tchau, cansei de vocês.

Quando ela está longe o suficiente, eu digo:

– Eu não suporto ela.

– Eu também não – concorda Kim. – Ela é má. Prefiro mil vezes a Karima, ela é muito legal.

Sofiane atira uma pedra no vazio:

– Eu gosto do Vin Gasolina. Ele não fala muito, mas tenho certeza de que é um bom sujeito. Vou nessa, tenho que terminar de arrumar a mala!

Ele contorna a mureta até o jardim, para, se vira de frente para as montanhas e fica olhando para elas por um bom tempo. Eu queria saber o que se passa na cabeça dele.

Barnabé fica sozinho a tarde toda. Ele não aparece na colina na hora dos telefones. Como aqui o tédio é grande, o tempo passa mais rápido quando estamos em grupo. A gente o vê passar a cada tanto, bater no saco de pancada ou fazer flexões. Talvez a tristeza dele saia pelo suor e não pelos olhos.

Vamos pra cama na mesma hora de sempre, sem nem fazer uma festa de despedida para Sofiane. Nos desejamos boa noite como todas as noites, e às dez horas as luzes se apagam.

Sou acordada por uma mão no meu ombro. Abro os olhos, a lâmpada de nuvem da Kim ilumina o rosto dela, da Marguerite, da Beyoncé e do Barnabé. Ele põe o dedo nos lábios pedindo silêncio. Eu me levanto, feliz de estar de pijama apesar do calor, e os sigo na ponta dos pés. Descemos a escada em fila indiana e entramos no quarto de Sofiane. A cara dele quando Barnabé o acorda vai me fazer rir até o último dia da minha vida. Ele arregala tanto os olhos que parece o Senhor Cabeça de Batata.

– Não venham me dizer que vocês entraram no meu quarto de sapato!

Mandamos ele calar a boca e o tiramos dali.

Pulamos a mureta e vamos pro nosso QG. Sofiane abraça Barnabé e até esquece do álcool em gel.

– Gente, isso é uma loucura! Vocês fizeram isso por mim? Tipo festa de despedida?

Barnabé responde:

– Você achou que a gente ia deixar você sair assim, sem mais nem menos, mano?

– Pois é. Estou chocado. Então vocês gostam de mim? De verdade?

Eu digo:

– Não muito. Vamos comemorar o fato de não te ver mais!

– Caramba, me detonou! Vou sentir sua falta!

Eu não respondo, mas também vou sentir falta dele. Amanhã, antes da despedida final, vou escrever uma mensagem para dizer isso. É mais fácil por escrito.

Eu não fui a muitas festas na vida, mas esta é a mais sem graça: sem música, sem comida, sem bebida, sem telefone, quase sem luz, com pijama e cabelo bagunçado. Mas, de longe, é a melhor. Não sei quanto tempo a gente fica ali, nós seis, rindo e contando coisas que nunca contaríamos à luz do dia, até ver o sol nascer atrás das montanhas. Uma vista realmente espetacular.

– Fiquei sem palavras – suspira Sofiane.

– Manda notícias, mano.

– Pode deixar.

– Vocês estão me zoando?

Essa voz não estava no roteiro. Chris está a um metro da gente, e parece que esqueceu o bom humor no quarto.

– Vocês acham que estão onde? Na colônia de férias?

Ninguém responde, e isso parece irritá-la ainda mais:

– Vocês têm noção do que a gente faz por vocês? Sabiam que a gente se mata por um salário ridículo só para colocar vocês de volta nos trilhos? Vocês não acham que eu preferia estar em casa? Hein? Que ingratidão! Ah, com a tia Chris a gente se diverte, hein!

Kim está paralisada. Barnabé passa o braço pelo ombro dela e sussurra algo em seu ouvido. Chris o encara e abre um sorriso estranho:

– Você não liga pro que estou dizendo, Barnabé? Acha que está acima de tudo? Posso fazer você ser expulso e você fica aí se fazendo de sedutor. Que falta de respeito. Você é muito mal-educado. Seu pai devia ter te batido com mais força.

Barnabé se levanta de repente, furioso. Chris dá um passo para trás bem na hora em que Vin Gasolina aparece.

– Chris, deixa, eu cuido disso.

– Tá tudo bem, eu resolvo.

– Deixa comigo, eu disse. Eles vão perder a vontade de fazer isso de novo.

Minha cabeça está um caos. Entre o cansaço e o medo da reação do enfermeiro, me arrependo de ter saído da cama. Todo mundo se levanta. Barnabé chora de raiva.

– Pra cama, crianças. São seis horas da manhã, tentem dormir um pouco.

– Só isso? – pergunta Marguerite. – Você não vai brigar com a gente?

– Acho que vocês já foram repreendidos o bastante.

Passamos por ele, cabisbaixos. Beyoncé diz:

– A gente só queria que o Sofiane tivesse uma última noite especial.

Vin Gasolina nos segue ao longo da mureta. Ele passa por cima dela com a perna cheia de músculos e nos acompanha até o ninho.

– Nunca façam isso de novo – ele diz. – Mas espero que tenha sido legal.

DIANE

Estou voltando das compras com minha mãe quando um olhar me petrifica. Enxergo apenas ele, todo o resto desaparece. Cabelos grisalhos, sulcos na pele, amargura estampada na boca. Lulu.

Levo alguns segundos para ouvir a voz dela e entender que não é ela, mas a mãe dela.

– Diane? Ah, não pode ser! Que alegria te ver! Meu Deus, você voltou!

Ela me abraça demoradamente, meus braços ficam imóveis, pendendo com tristeza ao lado do corpo, quando deveriam retribuir seu gesto.

Ela não tem cheiro nenhum. Quando eu era jovem, passava tanto tempo na casa dela quanto na minha, a gente até tinha as chaves das casas uma da outra. Françoise estava sempre envolta em um aroma de patchouli. Cada vez que senti esse cheiro, fui imediatamente transportada para sua pequena sala cheia de plantas, sentada num pufe, fazendo minhas lições na mesa de centro com minha melhor amiga. O pai dela fumava cachimbo, a mãe recortava receitas de revistas femininas e as organizava por ordem alfabética em pastas plásticas. Eu ficava fascinada pela beleza de Françoise, suas unhas vermelhas, seus cintos sempre combinando com os sapatos, seu cabelo loiro encaracolado e seus olhos verde-azulados. Ela lembrava uma atriz americana que estava na moda, Michelle Pfeiffer.

Quando pequena, Lulu se parecia muito com ela, exceto pelo cabelo castanho herdado do pai. Em contraste, minha mãe me parecia comum, com suas roupas escuras e seu rabo de cavalo. Ela ainda não tinha descoberto o poder dos paetês.

Françoise solta o abraço e me encara:

– Eu não sabia que você tinha voltado. Mas, ao mesmo tempo, como eu poderia saber? Depois que Bertrand morreu, só saio de casa para ir ao cemitério.

Ela deve perceber a surpresa em meu rosto. Eu não sabia que o pai de Lulu havia morrido. Eu gostava muito dele. Era uma montanha barbada e de voz rouca, provavelmente por causa do cigarro. Ele nos ajudava quando um exercício de matemática ou ciências era difícil. Quem diria que ele poderia morrer?

– Sinto muito, eu não sabia...

– Faz três anos. Mas parece que foi ontem.

O olhar dela se perde entre ontem e hoje. Minha mãe faz um sinal pra gente continuar andando.

– Preciso ir, mas que bom que...

– Lulu vai ficar tão feliz quando eu contar que você voltou! Vai ser uma bela surpresa. Mal posso esperar para contar!

Ela desiste da padaria e volta rápido por onde veio, mas gira de novo nos calcanhares para falar comigo, que continuo parada no mesmo lugar:

– Posso dizer a ela que você vai passar para vê-la?

A esperança brilha em seus olhos. Enquanto meu coração para de bater, eu respondo:

– Sim. Pode dizer.

24 DE ABRIL DE 1996

Pronto, saí! Meus pais e meu irmão vieram me buscar. Achei que meu irmão fosse me sufocar, de tão forte que me abraçou. É estranho voltar para o mundo real. As coisas mais banais ficaram estranhas. Os carros, as pessoas, os prédios. O sol. Tínhamos um pátio no hospital, com um pedacinho de céu, era a única coisa bonita.

Minha nova amiga ficou triste com a minha partida. A gente trocou endereços, prometemos nos escrever. Ela, pelo menos, me entende. Não como minha falsa melhor amiga, que não hesitou em me denunciar pros bombeiros. Não quero nem olhar pra cara dela, mas ela está me esperando na porta de casa quando chegamos. Ela pula no meu pescoço. Eu planejava empurrá-la, mas não consigo. Está acima das minhas forças. Ainda que eu esteja brava, ela não merece isso.

Meu pai a convida para entrar e ela não se faz de rogada. A gente come o bolo de chocolate que minha mãe fez, depois ela me pergunta se podemos conversar, então a gente vai pro meu quarto. Ela me pede desculpas, diz que entrou em pânico, pensou que eu fosse morrer. Só queria me salvar. Ela chora, até o nariz dela chora. Ela diz que vai fazer de tudo para se redimir. Que foi me ver várias vezes, mas não deixaram ela entrar, então ela ficava horas no corredor só para ficar perto de mim. Ela me pergunta se recebi as cartas dela, mas não, não me entregaram nada. Ela não sabia que a gente não podia receber nada. Ela me escreveu todos os dias.

Não é pouco. Já não estou acostumada a tantas emoções. Digo que vou pensar no que ela falou, porque agora não consigo. Antes que ela saia, pergunto a que horas o Alex vem me visitar. Ela responde que não sabe, que não o vê há vários dias, e eu percebo, por seu queixo trêmulo, que ela está mentindo. De novo.

LOU

O vilarejo de Mens não merece o nome que tem. É até bonito. Vin Gasolina e Karima nos levaram ao mercado pela manhã. Acho que quiseram nos distrair um pouco depois da partida de Sofiane. Ele parecia superfeliz de sair, correu para os braços da mãe, deixando para trás toda a pose de adolescente rebelde, parecia uma criança. Só nos dissemos tchau, trocamos nossos números e ele desapareceu das nossas vidas. Foi Vin Gasolina que teve a ideia de nos levar ao vilarejo, como se um passeio pudesse funcionar como uma borracha mágica contra a tristeza. Compramos pão e queijo, depois Karima nos levou a uma velha confeitaria para provar a especialidade local: as *bouffettes*. Esperamos do lado de fora, ela sai de lá com uma caixa cheia de bolinhos recheados com um creme branco.

– Tem uma pra cada.

Todos se servem, menos Marguerite. Ela costumava deixar sua parte para Sofiane, então o bolinho solitário no meio da caixa se torna um lembrete de que ele não está mais entre nós.

Quando cheguei ao Jovens Águias, decidi não me apegar. Não falar com ninguém, ficar na minha, usar meu tempo para pensar e me curar um pouco. Me senti agredida nas primeiras vezes em que alguém me dirigiu a palavra. Vesti uma armadura para me proteger desse mundo que me machuca. Não pretendia fazer amigos. Nem me apegar a pessoas parecidas comigo. Mas estamos todos meio machucados, não fingimos, e isso cria laços.

Eu não sabia que em duas semanas algumas pessoas podiam se tornar tão importantes. Mais importantes que outras que estão na minha vida desde sempre.

– As pessoas vêm de toda parte para provar as *bouffettes* – explica Karima. – Todos os guias turísticos as recomendam.

– Pena que são horríveis – diz Barnabé.

– Tá brincando! – responde Romane. – São deliciosas! Aceito a da Marguerite.

Marguerite pega o bolinho da caixa, olha demoradamente para ele e dá uma mordida. Todos a encaram fixamente. Pode parecer pouco, mas para ela é um desafio tipo *Survivor*. Ela mastiga bastante e acaba engolindo como se nada tivesse acontecido. Todo mundo começa a aplaudir.

– Bravoooooo!

– Não se empolguem, galera. Foi só pra provar.

Ela dá o resto pra Romane, e a gente volta pro grande mercado. Entramos numa livraria com livros até o teto. Beyoncé compra vários e, ao sair, me oferece um. *As flores do mal*, de Charles Baudelaire.

– É meu livro preferido – ela sussurra. – Acho que você vai gostar.

Ela o folheia, aparentemente procurando um trecho, e quando o encontra, lê para mim:

– "Ela tinha nos olhos a força de seu coração." Desde o primeiro dia em que te vi, quando você chegou com sua mãe, essa frase me faz pensar em você.

Fico muito tocada. Ela acrescenta:

– Em três dias, volto pra casa. Queria te deixar uma lembrança.

Começo a chorar e a abraço. As lágrimas escorrem mais que um riacho, a seca acabou. Beyoncé parece arrasada, pede desculpas:

– Eu não queria te magoar!

– Acho que é outra coisa.

Marguerite chega correndo:

– O que aconteceu? Por que você está chorando? É por causa do Sofiane?

– Não. Não é nada, vai passar.

O que não digo é que estou chorando porque sinto que reencontrei meu caminho.

Na hora dos telefones, vamos todos pra colina. Respondo às mensagens do meu irmão. Ele me escreve todos os dias, e sempre termina com um emoji de arco-íris, como o que ele desenhou e que está pendurado acima da minha cama. Mal posso esperar para ver Tom. Ele, minha mãe, meu pai, Seb e as meninas. Elas também me escrevem todo dia, me atualizam sobre as fofocas para eu não estar por fora quando voltar. Ao que parece, Anaïs e Mathis estão ficando mais próximos, tomara que eles me esperem voltar para começar qualquer coisa. Papai me manda notícias todo domingo. Seb escreve com frequência. Mamãe, todas as manhãs.

Barnabé chega correndo, com o telefone na mão. Ele parece aflito. Demoramos a entender o que está dizendo:

– Esqueci os fones, passei na frente da enfermaria no caminho e ouvi eles falarem do Sofiane. Ele está no hospital! Fez uma besteira!

No começo, pensamos que era uma brincadeira. Mas ele não parecia estar se divertindo. Corremos até o celeiro e, quando vemos Vin Gasolina sair da enfermaria com os olhos vermelhos, entendemos que é verdade.

Todo mundo fica chocado. Meu corpo entra no piloto automático, me leva até a colina, onde faço a única coisa de que preciso naquele momento.

"Alô, mãe, é a Lou."

DIANE

Sugeri ir buscá-la. Ouvir minha filha arrasada e não poder estar a seu lado é a pior das torturas. Ela recusou. Disse que quer ficar. Se ela se sente forte o suficiente para resistir a essa tempestade longe da família, talvez eu deva ver nisso uma esperança.

Não consigo parar de pensar nos pais do rapaz. No estado em que devem estar. Na angústia, na impotência que devem estar sentindo. Dar a vida é como colocar um alvo bem no meio do peito. Tirar o coração para fora.

– Ouvi sua conversa – diz minha mãe, sentando ao meu lado no terraço. – Ela vai se recuperar, não fique doente com isso. Deixe-a viver suas experiências.

Eu mal a escuto, todos os meus pensamentos estão no alto da montanha.

– Eu a protegi demais. Tive tanto medo do que está acontecendo agora que acabei provocando tudo. Desde que ela nasceu, espero a chegada da adolescência com terror. Mil vezes tentei me acalmar, mas o trauma que vivi está enraizado em cada célula do meu corpo, eu esperava essa etapa como uma batalha. Tentei poupar a Lou, torná-la impermeável à dor. Acreditei que poderia ensiná-la a ser feliz assim como a ensinei a andar. Achei que, afastando as contrariedades, ela não teria motivos para ficar triste. Pensei que, se eu a tranquilizasse o suficiente, ela nunca teria medo. Me enganei. Fiz exatamente o contrário do que devia. Ela cresceu em um mundo perfeito, doce e acolhedor, e o choque com a realidade foi brutal demais. Que idiota. É tudo culpa minha.

Minha mãe fica em silêncio.

– Você não vai dizer nada?

– Acho melhor assim, querida.

– Ah, eu já estou acostumada a não ser poupada por você, mãe. Aproveite.

Ela põe as mãos nas coxas e se endireita:

– Já que insiste. Não aguento mais essa ideia ridícula de que a mãe é sempre a culpada quando a criança tem problemas. Nos deixem em paz, pelo amor de Deus! Você certamente tem sua parcela de responsabilidade, mas Lou também é um indivíduo, algumas coisas escapam ao seu controle, você querendo ou não. Você não é o Gepeto, e ela não é o Pinóquio!

– Imagino que seja mais fácil viver na sua pele do que na minha, mãe. Deve ser uma felicidade nunca se questionar.

– O que você acha? Que é a primeira mãe a se sentir culpada? Todas as mães têm isso, minha filha, você não inventou nada. Passei vinte anos me culpando por tê-la tornado frágil, se quer saber. Vinte anos lamentando não a ter preparado também. Dizendo a mim mesma que talvez tivesse amado você demais. E sabe de uma coisa? Cheguei à seguinte conclusão: ninguém nunca vai amar demais um filho. Ninguém nunca vai dizer o suficiente o quanto ele é incrível. A vida vai se encarregar de fazê-lo pensar o contrário, cedo ou tarde. Você sabe bem disso.

Ela faz uma pausa, parece hesitar, e continua:

– Os filhos não são um prolongamento dos pais. Eu sei disso agora: podemos acompanhá-los, mas não controlar quem eles são ou o que fazem. Dê uma chance para sua filha acreditar que é livre para ser quem ela quiser.

– Então eu deveria deixá-la se suicidar?

– Pare de me fazer dizer o que eu não disse. Essa é uma coisa que não gosto em você, sabe, e que passei anos tentando apagar, até entender que você é um indivíduo, com sua própria personalidade. O que quero dizer é que você é uma mãe presente, amorosa, que sempre faz o melhor que pode. É tudo o que Lou precisa. Você não pode fazer mais do que isso. Confie nela, ela vai saber utilizar os recursos que tem. Graças a você, sua filha está bem equipada.

Essa conversa me deixa sem palavras. Minha mãe virou uma espécie de Dalai Lama. Está falando igual à minha psiquiatra. Talvez eu pudesse ter uma perspectiva melhor se não tivesse fugido trinta anos atrás. Chegou a hora de encarar aquela que tanto temo. Se não por minha filha, por mim mesma.

27 DE ABRIL DE 1996

Ele demorou dois dias pra me visitar. A gente se conhece desde que aprendeu a ler, estamos namorando há um ano e ele é o último a querer saber de mim desde que saí do hospital. Liguei pra ele três vezes, a mãe dele disse que ele me ligaria de volta, mas ele não ligou. Tive tempo de imaginar tudo, mas nem nos meus piores pensamentos a realidade era tão cruel. Ele quer terminar. Está apaixonado por outra. No começo, não quis me dizer quem era, mas eu insisti. A outra é a garota que entrou no nosso trio na sexta série, que se tornou quase tão importante quanto minha melhor amiga. Aquela que sabe tudo de mim, com quem juramos que nunca trairíamos umas às outras.

Céline.

Alexandre está na minha frente, com lágrimas nos olhos. Como se ele fosse a vítima.

Dizer que lhe entreguei meu corpo. Dizer que lhe entreguei meu coração.

Ele me diz que sente muito, que não conseguiu resistir, que as últimas semanas nos afastaram, que ele não achava que isso poderia acontecer, que está triste, que ainda não aconteceu nada, que eles esperaram para me contar, que Céline também está devastada, que não é o momento certo, mas que eles não querem mentir pra mim.

Eu odeio ele.

Eu odeio ela.

Eu me odeio.

Grito pra ele ir embora. Grito até sentir meus pulmões rasgarem. Nunca senti tanta dor na vida, sinto meu coração se partir.

Então é isso o amor? O sentimento maravilhoso de que todo mundo fala? Que enganação. Pra que ele serve, além de machucar a alma?

Minha mãe entra no quarto, ela viu Alex sair chorando. Digo que não quero falar. Ela não me deixa fechar a porta. Vou pra sala, quero telefonar pra minha melhor amiga, preciso dela, mas acabo mudando de ideia.

Eu também odeio ela.

Ela sabia, devia ter me contado.

LOU

Sofiane está fora de perigo. Ele vai ser internado na ala psiquiátrica até melhorar. Quem nos contou foi Chris. Ela voltou depois de vários dias sumida, agindo como se nada tivesse acontecido. E pior: está tão melosa que gruda na gente. Só que não esquecemos que a tia Chris está mais pra tia Babaca mesmo. Ela estava toda feliz em trazer boas notícias de Sofiane, como se fosse graças a ela.

Não paro de pensar nele. Se me perguntassem quem aqui um dia faria uma loucura dessas, eu jamais teria pensado nele. Talvez o sofrimento mais perigoso seja aquele que a gente esconde. Quer dizer, com Marguerite dá pra ver que ela está mal, não tem como ignorar. Mas com Sofiane era mais difícil de perceber. O cara era a alegria em pessoa. O que me dói é que o fato de sermos amigos, de ele ver que não estava sofrendo sozinho, que dava para sair dessa, não foi suficiente para ele querer tentar. Não sei se existe um ponto de não retorno, mas espero que ele ainda tenha uma chance.

– Inspirem pelo nariz. Um, dois, três, quatro.

Estamos meditando. Devem ter achado que poderia ajudar. O instrutor é um homem mais velho com voz de inteligência artificial. Mas o que mais me incomoda não é isso. O problema é que não paro de pensar no nariz dele. Não consigo me concentrar em outra coisa, embora ele queira que eu preste atenção na minha respiração. Estamos todos sentados de pernas cruzadas, e ele caminha do mesmo jeito que fala, bem devagar. Sempre que passa por mim, não consigo deixar de abrir os olhos para ver tal maravilha da natureza. Dizem que o nariz continua crescendo a vida toda, nem quero imaginar o tamanho do dele quando morrer. Não vai ser ele que vai para o cemitério, mas o nariz dele.

– Sintam o ar enchendo seus pulmões, expirem.

Droga, lá vem ele de novo. É impressionante, principalmente quando ele mostra como inspirar. Parece até que ele vai aspirar todo mundo. Fico pensando se ele herdou o nariz dos pais, ou se o obstetra o puxou pelo nariz, como um engradado de cerveja. Sério, não sei como vou conseguir relaxar com uma atração dessas.

Felizmente, a sessão é curta e a gente pode voltar a se entediar em paz. Estou quase começando a gostar. Marguerite, Kim, Barnabé e eu podemos passar horas olhando para as montanhas sem dizer uma palavra. Nenhum som além do canto dos pássaros, cada um dentro de si, mas juntos.

Beyoncé foi embora. Sua mãe veio buscá-la. Ela chorou muito, como se estivesse saindo de um lugar onde foi feliz. Deixou um livro para cada um, com um bilhete dentro. No meu, escreveu: "Meu melhor encontro. Prometo a você que vou voltar às aulas, e você me promete que vai voltar à vida". Não prometi, mas vou pensar seriamente a respeito. Além disso, tenho um bom motivo: Hugo me escreveu. Ontem, na hora dos telefones, recebi uma mensagem:

"Faz tempo que você não aparece, espero que volte logo."

Ele não assinou, deve saber que não apaguei seu número. Eu já tinha desistido de esperar. Estava convencida de que ele tinha seguido em frente, mas aparentemente ele não está mais com a namorada. Não tive tempo de pensar numa resposta, mandei qualquer coisa:

"Sim, volto logo. Vamos nos ver?"

Ele respondeu:

"Com certeza."

Meus sonhos se realizaram. Mal posso esperar para voltar, agora.

– Caramba, olha isso!

Marguerite está apontando lá para baixo. No começo eu não vejo o que ela está mostrando, mas quando consigo, não tenho dúvidas. Três lobos, um adulto e dois filhotes, atravessando calmamente o campo, como se estivessem passeando.

DIANE

Vou a pé. Paro na floricultura, compro um buquê de hortênsias brancas. As flores preferidas dela. O sol está inclemente. Sigo pela sombra até o grande portão de metal. Vejo a mãe dela ao longe, sentada numa cadeira de jardim, um livro nas mãos. Me aproximo, sua felicidade transborda quando ela me vê:

– Ah, minha Lulu! Olha quem chegou! Eu disse que ela viria!

Eu a beijo e lhe estendo o buquê:

– É para ela.

Não ouso olhar para o túmulo.

Pouco antes de vir, li a última página do caderno.

30 DE ABRIL DE 1996

Me sinto mais leve desde que tomei minha decisão.

Entendi que o que me deprime é viver.

Ontem, passei uma ótima noite. Minha mãe parecia feliz de me ver tão sorridente. Não parava de me dar beijinhos, como se eu tivesse voltado de uma longa viagem.

Escrevi uma carta para todas as pessoas que amo. Minha mãe, meu pai, meu irmão, meus avós, minha bisavó e minha melhor amiga, Diane.

Espero que eles me entendam. Espero que ninguém fique zangado comigo.

– Vou deixar vocês duas – anuncia Françoise. – Vocês devem ter muita coisa para conversar.

Ela se afasta e me deixa sozinha com meus fantasmas.

Não posso mais fugir.

O buquê de hortênsias está em um vaso, sobre a pedra cinza. Algumas placas tumulares ainda mostram o carinho que as pessoas tinham por ela. Perto de seu nome, sua foto sorri.

– Sinto muito por não ter vindo ao seu enterro, Lulu.

Minha voz fica embargada. Toda a dor que carrego desde a morte dela sobe para minha garganta.

– Eu não consegui. Preferi fugir. Você se lembra, eu tapava os ouvidos cantando quando não queria ouvir o que você dizia. Eu não quis ouvir. Eu não quis ver. Era mais fácil pensar que você ainda estava aqui, em algum lugar, finalmente feliz. Imaginei você com um marido e dois filhos. Dois meninos. Vim te pedir perdão. Você ficou muito brava comigo quando liguei pros seus pais no dia em que você tomou os comprimidos... Mas não é isso que carrego comigo. Se pudesse voltar atrás, eu avisaria sua família de novo, porque foi a única vez em que fiz a coisa certa. Peço perdão por não ter sabido te ajudar. Por não ter visto o quanto você estava mal, Lulu. Eu queria ter entendido seu sofrimento para enfrentá-lo junto com você. Queria ter encontrado palavras para acalmar você, queria não ter deixado que você pensasse que estava sozinha. Queria que continuássemos juntas como sempre prometemos. Nunca te substituí, sabia? Nunca consegui fazer amigas de verdade.

Um homem chega ao cemitério e se ajoelha diante de um túmulo a poucos metros de mim. Eu continuo, com a voz mais baixa.

– Tenho uma filha. Lou. Ela tem a sua idade. A idade que você vai ter para sempre. Ela me lembra muito você. Eu queria tanto que você pudesse conhecê-la. Levei-a para a clínica psiquiátrica, aquela onde você ficou. Os médicos sugeriram que ela passasse alguns dias num centro, nas montanhas. Sinto falta dela. Ela também tem pensamentos sombrios. Todo mundo diz que não é grave, que as pessoas não morrem aos 16 anos. Que a adolescência é só uma fase. Mas eu sei que pode acontecer. Que a travessia às vezes é assustadora demais.

– Então, minha Lulu, está feliz com a vinda de Diane?

Françoise volta para a cadeira.

– A senhora vem todos os dias?

– Quase todos. Meu marido está em outra ala. Às vezes meu filho vem comigo. Ele mora em Lyon, mas nos vemos com frequência. O que vai fazer agora, voltar para sua casa?

– Sim. Já está na hora.

– Você vai voltar?

– Provavelmente. Eu queria dizer que adorei passar parte da minha infância com sua família, Françoise.

Ela sorri vagamente, como se não entendesse do que estou falando. Abro minha bolsa, tiro o caderno de Lulu e lhe entrego:

– É para a senhora. Peguei do quarto dela enquanto vocês estavam no cemitério. Não devia ter feito isso, me desculpe. Eu sabia que ela mantinha um diário, ficava guardado embaixo do colchão. Durante todo esse tempo, não consegui ler nem devolver a você. Espero que não fique zangada comigo.

Ela pega o caderno verde, acaricia a capa e o põe no colo. As lágrimas turvam seus olhos, ela balança a cabeça:

– Não precisa chorar, querida. Pensei muito em você, sei como vocês eram próximas. Espero que tenha conseguido construir uma vida feliz. É isso que ela teria desejado para você, tenho certeza.

Enxugo o rosto com o dorso da mão.

– Desculpe lhe perguntar, mas no caderno ela fala de uma carta que teria deixado para mim. A senhora ainda a tem?

Ela franze o cenho, parece procurar na memória.

– Acho que a entreguei para sua mãe naquele dia. Não tenho certeza, faz tanto tempo. Pergunte a ela, talvez ela se lembre melhor do que eu.

LOU

A doutora Poirier me perguntou se eu estava pronta para sair. Assim, à queima-roupa, antes do café da manhã. Eu disse que não sabia, já que ainda não consigo me decidir sobre nada, e ela respondeu que achava que eu estava pronta. Contei pra ela do ataque de pânico da noite passada, achei que fosse morrer, deduzi que ela fosse ver nisso a prova de que eu não estava curada, mas não, ela explicou que eu não estava aqui para me curar. Primeira novidade. Ela quis saber como minha crise havia passado, falei do bloqueio respiratório e do rio com o galho. Soou meio falso, mas é a verdade, eu realmente usei esses métodos. Ela afirmou que era um grande progresso, que eu não tinha precisado de ajuda. Eu não tinha pensado nesses termos, mas é verdade. Eu consegui sozinha.

– Não vou te abandonar, Lou. A gente vai se ver no consultório, vou continuar te acompanhando. A adolescência é uma verdadeira travessia. Vocês passam por mudanças hormonais e, acima de tudo, são violentamente atirados no mundo, mas isso não explica tudo. Eu não acredito na crise da adolescência. Me recuso a usar esse conceito para explicar o sofrimento dos jovens. Seria minimizá-lo, não dar a importância que ele merece.

– Então por que eu sou assim?

Ela sorriu.

– Desde pequena, você luta contra seus medos. Por um lado, porque não é agradável ter medo, mas também porque você não quer deixar sua mãe ainda mais aflita e não quer causar mais preocupações ao seu pai. É uma luta absolutamente exaustiva que faz sua cabeça funcionar a toda velocidade, como você me explicou. E ainda por cima vem uma desilusão amorosa bem indigesta que faz você se sentir traída e desprezada. Então você começa a lutar contra sua tristeza, pelas mesmas razões que luta contra o medo. Mas é demais, não é humanamente possível lutar contra esse tsunami. Por isso você estava tão mal. Aqui, você começou a aprender a criar espaço para suas emoções, em vez de combatê-las. Vamos continuar esse trabalho juntas.

– Quer dizer que vou ter essa angústia pelo resto da vida? E os pensamentos que nunca param?

– Eu não tenho uma resposta para isso, Lou. O que eu sei é que algumas terapias, como as comportamentais e cognitivas, têm ótimos resultados com transtornos de ansiedade. Muitos pacientes se livram de alguns sintomas, como os ataques de pânico. Mas o que eu quero que você saiba, e guarde para sempre, é que dá para viver com isso. Dá para ser feliz. E isso é ainda mais verdadeiro porque suas crises começaram cedo. É mais difícil para um adulto se adaptar.

– Ou seja, tenho sorte.

Ela soltou uma gargalhada, como se eu tivesse dito algo muito engraçado. Confesso que gostei.

– Não foi isso que eu disse, Lou. Mas voltaremos a falar disso daqui a dez anos.

Ela pediu minha opinião só por educação, porque a decisão já estava tomada: estou pronta para a vida real. No fim da sessão, ela contornou a escrivaninha e se agachou ao lado da minha cadeira:

– Tem outro ponto que quero falar com você, Lou. Várias vezes você mencionou seu ex-namorado. Quero que saiba que o jeito que ele agiu com você não é aceitável. Ele ameaçou terminar o namoro para conseguir ter relações íntimas com você, isso é o oposto do consentimento. Você não teve escolha. Saiba que você é livre para entregar seu corpo a quem quiser, quando quiser, mas nunca para agradar alguém ou porque acha que foi longe demais. Está bem?

Fiquei meio constrangida de falar sobre isso, mas feliz que alguém colocasse em palavras o que eu sentia por dentro. Eu não estava pronta, mas tive medo de levar um pé na bunda.

– Aproveite seu último dia, Lou. A gente se vê amanhã, na hora de sua partida.

Passamos a tarde no riacho. Ainda está muito quente. Três novos chegaram, duas meninas e um garoto. Eles me lembram de mim mesma no começo, ficam sozinhos, não falam com ninguém. Kim, Marguerite e eu tomamos banho de roupa. É estranho estar aqui sabendo que está acabando. É como dar a última mordida em um bolo, a gente fica chateada que não tem mais, mas ao mesmo tempo feliz de ainda ter um pouco na boca.

À noite, Vin Gasolina é o responsável por apagar as luzes. Ele diz: "Façam menos barulho do que da última vez".

Sou eu que acordo os outros três. Marguerite, Kim e depois Barnabé. Corremos para nosso QG, desta vez falamos bem baixinho para não sermos descobertos. Deitamos na grama, as cabeças juntas, os corpos formando uma cruz.

– Nunca vi tantas estrelas – digo.

– Somos minúsculos – responde Kim. – Vocês já pensaram em todas as pessoas que estão fazendo a mesma coisa que a gente, agora mesmo? Tipo, todos que estão olhando para o céu agora?

Marguerite suspira:

– O tempo todo. E vocês também já pensaram em todas as pessoas que olharam para o céu antes da gente nascer, e que vão olhar depois que a gente não estiver mais aqui?

– Sim – responde Barnabé. – Às vezes penso que um dia não vou estar mais aqui. Que todas as pessoas que vivem comigo no planeta vão desaparecer.

– Eu também – acrescenta Kim. – Quando cruzo com as pessoas, olho para elas sabendo que temos o mesmo destino.

Eu:

– Um dia, vão pensar na gente como a gente pensa nas que viveram na Idade Média. Gosto de imaginar que algumas vão pensar que já pensamos nelas.

Barnabé ri:

– A gente é doido! Não sabia que existiam pessoas que pensavam as mesmas maluquices que eu.

Eu murmuro:

– Nunca pensei que um dia fosse dizer isso, mas estou feliz de ter conhecido vocês.

– Digo o mesmo.

– Eu também.

– Igualmente.

Um silêncio, então Kim pergunta:

– Vocês acham que vamos conseguir? Que vamos parar de sofrer? Hein? Vamos conseguir?

Desta vez, ninguém responde. Mas nos damos as mãos e olhamos para as estrelas enquanto ainda estamos aqui.

DIANE

Cinquenta pessoas estão escondidas na escuridão e no silêncio do salão de festas. O som dos passos sobre o cascalho se aproxima.

– Shhh! – sussurra meu irmão para as crianças, que estão agitadas, entre elas, meu filho.

Me aproximo do ouvido do meu irmão:

– Math, para de bancar o santinho, eu sei que você contou tudo pra ela.

– Você sabe como ela é, me torturou.

A porta se abre, meu pai entra primeiro, imediatamente seguido por minha mãe.

"SURPREEEESA!"

Ela leva a mão ao peito, abre bem a boca, seca algumas lágrimas, pede uma cadeira para se sentar. Ela simularia um infarto, se isso não a privasse de sua própria noite.

A orquestra começa uma releitura meia-boca de "Dancing Queen", do Abba. Os convidados aguardam sua vez para receber os abraços generosos da minha mãe. Estão presentes sua irmã, seus primos, antigos colegas, alguns vizinhos, os amigos do coral e os da caminhada nórdica. Seb se aproxima de mim:

– Tudo bem?

Desde que chegou, há duas horas, ele deve ter me perguntado isso vinte vezes.

Não tivemos tempo de conversar com calma. Nosso reencontro é tímido, embora meu coração tenha batido mais rápido à medida que a hora de sua chegada se aproximava. Meu orgulho tentou me enganar, dizendo que era por causa do reencontro com meu filho, mas não o suficiente para me convencer.

Depois de visitar a casa da minha infância e sobreviver às demonstrações de afeto da minha mãe, ele me seguiu até o quarto, onde eu deveria terminar de arrumar minhas coisas. Entre um vestido e uma camiseta, ele murmurou que gostaria de voltar para a nossa casa.

– Você concorda?

Não me fiz de indecisa, eu concordava absolutamente, visceralmente, radicalmente, e disse isso a ele. Todo o corpo dele relaxou, como se um fio tivesse arrebentado.

Vamos tirar um tempo para conversar. Sobre a nossa intimidade, sobre o que ele me questionava e sobre o que eu ficava remoendo. Sobre as pequenas coisas que corroem mais do que a passagem dos anos. O erro seria varrê-las para baixo do tapete. Vamos tirar um tempo, mas não hoje. Hoje é dia de festa.

Enquanto os convidados começam a atacar o bufê, penso na conversa com meu pai à beira do lago. Na risada que ele solta a cada exagero da minha mãe. Nos exageros dela para divertir o marido. Talvez o Seb de 70 anos um dia conte ao Tom de 40 as turbulências que ele e sua mãe enfrentaram. Talvez a história termine como um conto de fadas, talvez ela termine como um conto de humanos.

Meu irmão se junta a mim:

– Como está a Lou?

– Vou buscá-la amanhã. Mal posso esperar.

Meu filho brinca com os gêmeos do meu irmão. Eles correm entre as mesas, se escondem atrás das cadeiras, fingem travar uma grande batalha. Com Tom, recuperei o uso de um dos pulmões. Que venha o dia de amanhã para eu respirar plenamente.

Meu irmão se posta ao meu lado e me observa sem dizer uma palavra.

– O que foi?

– Nada, por quê?

– Estou vendo que você quer me dizer algo. Estou com uma sujeira nos dentes?

Ele ri tristemente:

– Não... Nada... Bem, sabe, na outra noite, quando eu disse que você deveria deixar o Tom com o pai. Eu não sabia do que estava falando.

– Levei numa boa, não se preocupe. Estou acostumada com meu irmão mais velho me explicando a vida.

– É fácil dar conselhos quando você não está envolvido. Mas quando está, não é a mesma coisa.

– Como assim? Envolvido com o quê?

– Estamos nos separando. Élisa e eu.

– Ah, droga. Por isso ela não está aqui? Não está com gastroenterite?

– Não, mas é engraçado fazer todo mundo imaginar que ela está com diarreia. Ela conheceu alguém.

– Sinto muito, Math.

Ele encolhe os ombros, não tira os olhos dos filhos:

– Acho que chegamos ao fim da nossa história. É triste, mas não nos amamos mais. O que me deixa arrasado é que vou ter que ficar longe dos meninos metade do tempo. Não sei como vou conseguir sobreviver a isso.

Não encontro palavras, então estendo os braços para ele. Passei semanas imaginando metade da minha vida sem o Tom. O pai da Lou não julgou essencial ficar com ela mais do que um fim de semana sim, outro não, e metade das férias. O mínimo necessário. Por ela, tentei negociar mais, mas devo reconhecer que essa divisão me convinha. Seb, ao contrário, é um pai presente. Se nos separarmos, ele vai pedir guarda compartilhada, e eu não vou me opor. Mas vou sofrer. Um dia, os sapatos dos meus filhos não vão mais ficar jogados na entrada, a música que eles ouvem não vai mais me irritar, mas sei que não vou ser daquelas mães que ficam felizes, que acham maravilhoso vê-los voar. Se quisesse pássaros, teria botado ovos. Vou fingir, não vou impor a eles minhas neuroses, mas, secretamente, vou fazer feitiços para que eles morem na mesma cidade que eu.

Minha mãe, feliz demais de ver os dois filhos se abraçando, vem se juntar a nós.

– Você mandou muito bem na surpresa – meu irmão a elogia.

– Obrigada, querido. Vou te dar umas aulas, você esconde mal a tristeza.

– Você está sabendo?

Ela assente:

– Liguei para Élisa para dizer que bebesse a água do cozimento do arroz e logo entendi que ela não fazia a menor ideia do que eu estava falando. Venha ficar com a gente, sua irmã vai liberar seu antigo quarto.

Ouço a risada do meu pai antes de vê-lo. Ele se junta à pequena reunião familiar dando alguns passos de dança. Sem tirar os olhos de mim e com um sorriso estranho, ele desabotoa o paletó e o gira acima da cabeça, impecável em sua nova camiseta branca. Que tem um bordado na frente: "A vida pode ser cruel". E outro nas costas: uma arma.

DIANE

Os quilômetros passam, o carro rasga o asfalto, as curvas se tornam mais estreitas. Meu coração também: vou vê-la. Minha pequena, minha grandona. Quantas vezes revirei os olhos ao ouvir minha mãe dizer que eu sempre seria o seu bebê? Tudo o que vivemos quando crianças adquire uma nova dimensão quando nos tornamos pais.

Por muito tempo, achei que não queria filhos. Era arriscado demais. A vida já me infligiria tristeza demais para receber uma oportunidade de continuar infligindo. Era preciso limitar o número de pessoas por quem chorar.

A pressão da sociedade me desestimulava ainda mais. Os "e então, para quando vai ser?", os "não demore muito, o relógio está correndo!" e os olhares chocados quando eu anunciava minha escolha eram insuportáveis. O útero das mulheres parece um serviço público sobre o qual todo mundo tem algo a dizer. Contudo, entre escombros e raivas, o desejo nasceu. Cresceu. Transformou-se em necessidade. Minhas razões provavelmente não eram as melhores. Eu queria sentir o amor de que todo mundo fala, o sentimento invencível que prende à vida. Queria amar incondicionalmente e ser amada da mesma forma. Queria que precisassem de mim, queria acordar de manhã encontrando um sentido para toda essa bagunça. Queria dar à vida uma chance de me provar que ela valia a pena. Que não era Lulu que estava certa.

Última curva. Meu coração a galope.

Não sei como aguentei tanto tempo sem ela. Mal posso esperar para senti-la, ouvi-la, tocá-la. Esse amor tem algo de animal. Quero que ela me fale de seus dias, de seus amigos, de suas angústias, quero vê-la andar pelo apartamento, com o telefone na mão, ouvi-la reclamar quando o tempo de tela acabar, vê-la rir com o irmão e gritar com ele no segundo seguinte.

O caminho ladeado de pinheiros. Um furacão na minha barriga.

Tive tanto medo de perdê-la.

Vou finalmente revê-la.

Um pequeno grupo está sentado na mureta. Seus cabelos castanhos esvoaçam ao vento. Ela se vira, me vê, eu aceno com a mão, minha querida, minha filhota, meu amor, ela está tão bonita, ela aperta os lábios, suspira, levanta e caminha na direção do carro como um condenado para o cadafalso.

LOU

Estou triste demais. Não tenho escolha, preciso deixá-los e voltar para casa. Minha mãe me abraça com força, me beija nas bochechas, na cabeça, diz que sentiu minha falta, e eu não consigo nem fingir. Sinto um nó enorme na garganta, só tenho vontade de chorar.

Não é normal. Quando cheguei, só queria ir embora, e agora que estou aqui, só quero ficar. Estou feliz de rever minha família, mas tenho medo de voltar para a vida real. De sair dessa pausa. Aqui, estamos protegidos. Longe do barulho do mundo.

Enquanto minha mãe vai ver Poirier no escritório dela, desço minhas malas do quarto. Kim, Marguerite e Barnabé estão comigo. Eles também parecem desanimados.

Prometemos nos ver de novo, nunca perder o contato. Vamos criar um grupo para trocar mensagens. Não sei se vai dar certo, mas quero acreditar que sim. Mesmo que não funcione, só saber que eles existem em algum lugar já vai ser reconfortante.

– Você tem que escrever na sua foto! – diz Kim.

Eu estava esquecendo. Vou até a entrada do celeiro, ao mural de retratos que me intrigou no meu primeiro dia. Centenas de rostos impressos e, sobre cada um, algumas palavras escritas à mão. Karima se junta a mim e me entrega uma caneta:

– Sua foto está aqui.

A última, embaixo, à direita. Me agacho e penso um pouco antes de escrever: "Nem tudo se resolveu, mas recuperei a vontade de acreditar. Obrigada, Jovens Águias, nunca vou me esquecer de vocês. Lou".

Me levanto e fico um tempo olhando para as pessoas que me antecederam. As fotos mais antigas estão um pouco desbotadas, mas me detenho em uma delas. Um garoto magrinho e não muito sorridente. Reconheço seu olhar. Sua mensagem diz apenas: "Obrigado. Rodolphe".

Não pode ser! Não acredito. Vin Gasolina foi um jovem águia! Procuro ele com os olhos, ele está orientando um grupo na sala de convivência. Ele pisca para mim. Sinto ainda mais vontade de chorar.

Minha mãe e Poirier saem do escritório. Elas trocam um aperto de mãos.

Meus amigos me acompanham até o carro.

Minha mãe entra enquanto eu me despeço deles. Ela me chama uma vez. Duas vezes. Dou um último abraço em cada um e me sento no banco do passageiro.

Kim corre ao lado do carro até o fim do caminho.

As nuvens pairam no topo das montanhas.

Sinto que minha mãe está desapontada, me sinto mal por ela. Ela pousa a mão na minha coxa, e eu começo a chorar.

LOU

Tom, Arya e Seb estão no estacionamento. Um arco-íris foi desenhado com giz no asfalto. Meu irmão vai levar bronca da rabugenta do térreo, mas aquilo me deixa supercontente. Mal tenho tempo de sair do carro e ele se agarra em mim como um bebê coala.

– Lou! Estou muito feliz!

Seb espera a vez dele, Arya faz xixi de alegria.

É estranho estar aqui. Vejo o prédio, o céu e, lá no fundo, muito longe, as montanhas. O que eles estão fazendo agora? Será que estão no QG? Ou fazendo alguma atividade? Vou mandar uma mensagem para eles lerem na hora dos telefones.

Ontem à noite, Kim nos disse que não se cortava há uma semana. Ela não deve demorar para sair. Se Marguerite continuar ganhando peso, vai poder rever a filha. Com Barnabé, a coisa é mais complicada. Ele enterrou suas feridas bem fundo, ainda tem um bom caminho a percorrer. Ele quer passar o resto do verão no Jovens Águias. Espero que um dia a gente se reencontre, também com Sofiane e Beyoncé, para olhar as estrelas sem correr o risco de sermos pegos por Chris.

Seb pega as malas no bagageiro e seguimos para a entrada. Tom não solta minha mão. É bom que aproveite. Porque se acha que não percebi que está com meu fone pendurado no pescoço…

A porta da entrada vizinha se abre e Hugo sai. Ele caminha na minha direção com o sorriso largo que me faz derreter.

Tenho certeza de que ele desceu porque me viu pela janela. Minha mãe para e se coloca entre nós dois. Eu digo que está tudo bem, que quero falar com ele. Ela resmunga:

– Dois minutos, nada mais. Senão venho te buscar na marra.

Que vergonha.

Eles vão embora, Hugo passa o braço por minha cintura:

– Legal você ter respondido minha mensagem. Achei que estivesse de cara comigo.

– Que nada. Por que eu estaria de cara?

– Sei lá. Nunca entendi muito as meninas.

Como ele é bonito. Mesmo olhando a foto dele todos os dias nas redes, eu tinha esquecido de seu olhar incrível. Ele conhece seu poder, franze a testa como um cantor das antigas. O tempo passa, tenho que subir se não quiser que minha mãe apareça.

– Bom, tenho que ir.

– Ok. A gente se vê em breve? Num dia em que seus pais não estiverem em casa?

Sinto um embrulho no estômago, é o momento que eu estava esperando.

– Não, Hugo, a gente não vai se ver em breve.

– Hein? Mas por quê?

Jogo meu cabelo bagunçado para trás, azar da chapinha, abro a porta e digo:

– Porque jovens águias não voam com babacas.

E vou embora.

DIANE

– Diane, estamos prontos!

Os três estão instalados na sala para assistir a um filme.

– Vou colocar meu pijama e já vou!

Esperei chegar em casa e estarmos todos juntos para me sentir forte o suficiente, mas não posso esperar mais. Sentada na cama, olho para o envelope. Meu nome está escrito nele com tinta violeta.

A mãe de Lulu realmente o entregou à minha, que, no entanto, achou que uma carta póstuma da minha melhor amiga não me ajudaria a sair do abismo em que eu afundava desde a morte dela.

No dia do funeral, depois de pegar o caderno na casa dela, peguei a estrada com minha tia. Morei com ela por três anos, o tempo que levei para me recuperar. Depois, conheci o pai da Lou.

– Vem logo, mãe! Que demora!

Abro o envelope e me deparo com uma folha quadriculada. Uma única página. A caligrafia inclinada para a direita aperta o meu coração. Ela dizia que era um sinal de otimismo.

"Minha Didi,

Obrigada por ter sido a melhor amiga do universo. Não fui legal com você nos últimos tempos, mas não era nada pessoal. Desculpe se a deixei pensar que era um problema. O verdadeiro problema está em mim desde sempre. Tento sufocá-lo, mas ele sempre leva a melhor. Não adianta lutar.

Tudo me aterroriza, tudo me dilacera. Não aguento mais, já estou cansada. Sou frágil demais para este mundo. Tenho mais medo de viver do que de morrer.

Me perdoa pela dor que você vai sentir. Pode chorar um pouco, se você se recuperar rápido demais vou ficar chateada, mas, por favor, quero que você seja feliz. Você merece. Você é a melhor coisa que me aconteceu.

Beijos,

Lulu"

– Mãe! O que está fazendo?

– Terminei, já vou!

Espero os soluços passarem, seco o rosto molhado e vou me juntar aos meus amores no sofá.

— Tem muita gente [illegible]

AGRADECIMENTOS

Fazia tempo que esta história me rondava. Eu fui a jovem que ouvia o barulho do mundo alto demais, que se sentia diferente.

Aos 17 anos, eu tinha pensamentos sombrios e a sensação, às vezes, de estar dentro de um túnel do qual nunca conseguiria sair. Guardo dessa travessia entre a infância e a idade adulta uma memória hesitante.

Alguns anos depois, tornei-me uma mãe preocupada com o sofrimento dos adolescentes de hoje.

Nunca escrevo com a intenção de transmitir uma mensagem, prefiro contar histórias. No entanto, ao escrever este romance, não pude deixar de desejar que, quem sabe um dia, ele proporcione a alguém que está atravessando horas frágeis a esperança de um amanhã.

Obrigada aos meus filhos por reservarem um lugar para mim em seu navio. A viagem com vocês é maravilhosa, seja como capitã ou simples vigia.

Obrigada ao meu marido por segurar o leme comigo, por ser meu primeiro leitor e por sempre encontrar as palavras certas quando começo a duvidar.

Obrigada à minha mãe por ter segurado minha mão em todas as tempestades.

Obrigada à minha irmã por ser meu duplo em tantos aspectos. Com você eu nunca me senti só.

Obrigada à minha família, meu pai, meus avós, tios e tias, primos, pelo amor e pela presença.

Obrigada às minhas amigas, meus amigos, nossas falhas nos uniram, é bom saber que vocês existem.

Obrigada à minha querida editora e amiga Pauline Faure, que alegria trabalhar com uma pessoa tão luminosa, generosa e engraçada como você.

Obrigada à editora Flammarion, e especialmente às minhas queridas Sophie de Closets e Carole Saudejaud, assim como Sophie Hogg, Guillaume Robert, Laëtitia Legay, Pauline Morel Pouliquen, Laure Illand, Julie Kowarski, Vincent Le Tacon, Claire Le Menn, Sophie Raue, Marie Dos Santos pelo entusiasmo contagiante.

Obrigada à editora Livre de Poche, e particularmente à minha querida Audrey Petit, assim como Zoé Niewdanski, Sylvie Navellou, Anne Bouissy, Ninon Legrand, Florence Mas, Dominique Laude, Bénédicte Beaujouan, Vincent Maillet, Véronique Perovic, Antoinette Bouvier, Maïssoun Abazid, Céline Selbonne.

Obrigada a Jean Delabrière por colocar seu talento a serviço desta capa sublime.

Obrigada a Emmanuelle Piquet pelo olhar profissional sobre meu texto, bem como pelos sábios conselhos sobre adolescentes em sofrimento.

Obrigada a Margaux por ter aceitado me confiar alguns fragmentos de suas horas frágeis.

Obrigada às primeiras pessoas que leram o manuscrito: Arnold, Muriel, Marie, Clara, Serena Giuliano, Baptiste Beaulieu, Marie Vareille, Sophie Rouvier.

Obrigada a todas as e todos os profissionais da vida do livro pelo apoio apaixonado.

E finalmente, obrigada às leitoras e aos leitores.

No momento em que escrevo estas palavras, acabo de revelar a capa deste romance nas redes sociais, e ainda estou emocionada com a alegria e a impaciência de vocês. Obrigada por me lerem, às vezes sem sequer conhecer o assunto do livro, obrigada por darem meus romances de presente a seus queridos, obrigada por falarem sobre ele, obrigada por me escreverem, obrigada por virem até mim. Enfim, em uma palavra, ou muitas: obrigada por tornarem esta aventura ainda mais extraordinária.

Este livro foi composto com tipografia Adobe Garamond Pro e
impresso em papel Off-White 70 g/m² na Formato Artes Gráficas.